Manoel Carlos Karam

SUJEITO OCULTO

exemplar nº 017

Curitiba-PR
2024

projeto gráfico **Frede Tizzot**

ilustração da capa **Andre Ducci**

revisão **Paula Grinko Pezzini**

encadernação **Lab. Gráfico Arte & Letra**

© Editora Arte e Letra, 2024

K 18
Karam, Manoel Carlos
Sujeito oculto / Manoel Carlos Karam. – Curitiba : Arte
& Letra, 2024.

140 p.

ISBN 978-65-87603-59-9

1. Ficção brasileira   I. Título

CDD 869.93

Índice para catálogo sistemático:
1. Ficção: Literatura brasileira   869.93
Catalogação na Fonte
Bibliotecária responsável: Ana Lúcia Merege - CRB-7 4667

ARTE & LETRA
Curitiba - PR - Brasil
Fone: (41) 3223-5302
www.arteeletra.com.br - contato@arteeletra.com.br

SUJEITO OCULTO

* * *

Troquei a camisa por uma de dois bolsos, a velha mania de acreditar que poderia precisar deles, que não bastariam os bolsos da calça e do paletó, porque existem profissões que dependem de bolsos.

Era uma bobagem, na minha profissão bastavam dois bolsos, o segundo para o caso de um lenço necessário para alguma limpeza não prevista.

Vesti o paletó com a segurança de saber que havia um lenço no bolso externo direito.

Reuni as notas de dinheiro sobre a mesa, dobrei o maço ao meio e passei um elástico em volta, coloquei no bolso de dentro do paletó.

Caminhei até a janela, afastei a cortina e olhei para a rua buscando o outro lado, onde começava o beco.

Eu via claramente o muro no fim do beco, era uma tarde clara, a ausência de nuvens permitindo aquela luz e prevendo uma noite sem chuva.

Fiquei alguns minutos olhando para o beco, não havia qualquer obstáculo até o muro.

Mesmo o muro não era grande obstáculo, e o que vinha depois dele era para depois.

Eu tinha uma ideia vaga sobre o que encontraria, mas não acreditava que houvesse alguma surpresa.

Seria caminhar em terreno desconhecido, mas sem problemas.

Eu havia planejado sair no começo da noite, fazer, e não retornar ao hotel.

Depois de ajeitar o dinheiro, fechei a sacola, que só abri quando troquei de camisa, e deixei o quarto.

O mesmo homem gordo que me recebeu na entrada estava atrás do balcão na portaria do hotel, me olhou com olhos de banha, e eu me senti alegre com a invenção, olhos de banha num homem gordo.

Ele me olhou com jeito de quem gostaria de perguntar por que eu havia ficado apenas algumas horas no hotel, e eu tinha certeza de que ele não entenderia se eu respondesse que eu estivera no hotel apenas para olhar para o beco do outro lado da rua.

Enquanto ele fazia as contas numa pequena calculadora, olhei para trás esperando ver pela porta do hotel que já era noite, mas vi apenas a mesma luz que iluminou o muro no fim do beco quando olhei pela janela.

Paguei o hotel, o homem gordo ficou bastante curioso com o maço de dinheiro cuidadosamente envolto num elástico e todas as notas na mesma posição.

Percebi a nova curiosidade do homem mas não permaneci muito tempo observando os gestos dele, eu estava pensando numa ideia que havia me ocorrido, mas que não me agradava, visitar os fundos do beco durante o dia.

Saí do hotel rapidamente, fui à esquerda pela calçada, nem ao menos olhei na direção do beco, caminhei até a esquina.

Eu havia saído cedo demais do hotel levado pela ideia que não me agradava, e mesmo rechaçando aquela ideia eu saí do hotel ainda durante o dia.

Parado na esquina eu desejei que a noite chegasse subitamente, mas a noite não chegou do nada, e não me lembro de tudo o que fiz até a noite chegar no horário estabelecido.

Me lembro que fiz o levantamento do lixo espalhado pela calçada entre a esquina e a entrada para o beco.

Eram sacos de plástico fechados e depositados diante dos prédios na calçada junto à rua.

O levantamento constatou dezesseis sacos de lixo na primeira vez que eu percorri o trecho.

Na segunda vez, sete deles estavam rasgados e o lixo escorrendo para a calçada.

E me lembro que eu não queria que o homem gordo do hotel passasse por mim na calçada.

A sacola tinha alças curtas para segurar com a mão e uma alça longa para levar no ombro.

No caminho para o trabalho eu a carregava com as mãos, revezando, não que fosse uma sacola pesada, revezando as mãos por simetria.

Durante o trabalho, para não prejudicar os meus movimentos, eu pendurava a sacola no ombro.

Havia necessidade de levar a sacola comigo, poderia por exemplo deixar no hotel e apanhar depois do trabalho.

Mas não seria conveniente ser visto novamente no hotel depois do trabalho.

A solução era carregar a sacola comigo, e isto chegou a me causar uma dúvida.

A sacola ia comigo ao trabalho porque era necessária ou havia outro motivo?

Toda vez que eu usava a sacola, e era sempre a mesma, a dúvida aparecia porque eu poderia estar inconscientemente acreditando que a sacola me dava sorte.

Mais que isso, o que me dava sorte não era uma sacola, era aquela sacola.

Eu não sabia se era assim, ou então eu desconhecia que eu sabia que era exatamente assim.

Eu caminhava na rua contando sacos de lixo, evitando olhares.

E carregando a minha sacola da sorte?

Não gosto de olhar para os lados e prefiro que aqueles que passam por mim também não.

Tenho o hábito de não movimentar os olhos ou virar a cabeça para enxergar alguém que passa ao meu lado caminhando na rua.

Quase na esquina, uma pessoa caminhando na direção contrária, mas eu não fiquei com a descrição dela, não sei dos cabelos, olhos, roupa, pernas, não sei.

Mas não escondo que gostaria de fazer uma pergunta.

Aquela pessoa que eu não vi, mas que passou, qual é a profissão dela?

E não escondo mais uma coisa, que imagino que ela também tem uma pergunta, que gostaria de saber o que eu sei fazer.

Imagino o tamanho da curiosidade ao receber uma informação a meu respeito, se fosse possível para aquela pessoa que passou por mim saber disto, que eu carrego um revólver.

Mas há momentos em que a profissão exige que se olhe para os lados, exige às vezes até que se olhe com alguma raiva e pretendendo que o outro devolva o olhar com angústia.

Faz parte da profissão, não tem jeito, devo aceitar que seja assim, não há como mudar, é até perigoso porque transformar a profissão modificando as características dela pode acabar sendo mudar de profissão, e isso eu não pretendo. Eu só gostaria que não me olhassem aqueles que passam por mim, uns que passam tão perto que sinto o cheiro deles, isso já não basta?

Eu estava pensando no homem gordo do hotel, ele olhou muito para mim, olhou tanto que imaginei encontrá-lo novamente, como se ele quisesse continuar olhando para mim e me fazer uma pergunta, do pior tipo de pergunta, daquele tipo que traz junto a certeza de que o perguntador sabe a resposta.

Mas eu pensei então que o homem gordo continuava na portaria do hotel, estava olhando muito para outros hóspedes, sem tempo para lembrar que eu havia passado por lá.

Me livrei dos pensamentos sobre o homem gordo do hotel quando percebi a noite, enfim.

Mas não tive pressa, quem trabalha à noite não deve ter pressa, no escuro enxerga melhor quem vai devagar.

Eu sempre pensei assim, eu era assim.

Mas não interessa o que eu sou ou como eu sou, eu não me interesso por como eu sou, portanto quem vai se interessar?

Pensei na palavra sujeito, que sujeito eu sou?

Mas sujeito sempre exige um verbo e uma frase, logo eu, que penso ser um sujeito indigno de uma frase inteira.

Aceito um verbo, sim, um verbo, mas somente um verbo.

Aceito porque eu preciso de um verbo, a minha profissão necessita de um, mas basta um.

O verbo fazer, pronto, eu sou isso, o verbo fazer.

Eu não sou um sujeito, penso bastante nisso, mas não gosto de pensar nisso porque a minha intenção era simplificar a minha vida, e às vezes eu tenho a impressão de que reduzindo tudo ao verbo fazer eu estou indo para o lado oposto.

Nestas horas eu sempre paro de pensar nisso, mudo de assunto e vou para o meu trabalho, que é o que importa, porque o meu trabalho é a única coisa que eu sei fazer.

Chegou a noite, a hora de trabalhar.

Eu sabia que aquele trabalho exigiria esforço físico, eu ainda não sabia se seria grande ou pequeno, mas era importante que houvesse algum esforço físico.

O mínimo já me deixaria satisfeito, o que eu não admitia era trabalho sem esforço, uma pequena dor na perna, pouca coisa, era uma consequência satisfatória porque denunciava claramente que algum esforço físico foi feito.

Eu precisava disso, não sabia o motivo, sabia que precisava disso.

E para isso havia o muro no fim do beco.

Pular muro era uma coisa que vinha de muito tempo, não me causava estranheza. Muro de tijolo ou de pedra, cerca de madeira, arame farpado, todos saltados em alguma época. Do outro lado, o pé de vergamota, umas goiabas das vermelhas, caqui-café, um pasto para jogar bola, um banhado com sapos. Tudo depois transformado em assunto velho porque pular muro ficou sendo necessidade da profissão. Aquela época valeu de treino, nunca eu iria pensar que pulando a cerca de ripas para a colheita de alguma fruta eu estava preparando pernas e braços para a profissão, nunca.

Entrei no beco, fui obrigado a olhar para trás na direção da rua, verifiquei que nada me impedia de continuar, caminhei até o muro. Diante dele, olhei mais uma vez para trás, tomar cuidado, ter certeza, sim, eu estava bem protegido. Passei a sacola da mão para o ombro.

Tábuas apodrecidas estavam empilhadas junto ao muro e me serviram de escada, eu me ergui até acima da linha do muro e, apesar de contar apenas com a luz fraca que chegava do poste, enxerguei os cacos de vidro grudados no cimento. Escapei de entregar as mãos a alguns cortes doloridos, ergui a perna direita, enfiei o sapato sobre os cacos de vidro, mais um impulso e subi no muro. Saltei para o outro lado, caí com os pés num piso duro que eu não via porque a luz do poste havia sido interrompida pelo muro.

Verificar o revólver, isso eu sempre fiz, isso eu sempre refiz. Eu me lembrava exatamente que havia preparado a arma, testado, contado as balas, mas eu não havia esquecido que deveria fazer novamente. São cuidados assim que evitam um lapso, um esquecimento, um problema, uma falha, um desastre.

Não havia luz suficiente além do muro, conferi a arma usando o tato, segurei o revólver com a mão esquerda e usei os dedos e a palma da mão direita para sentir que tudo estava correto. Mão e dedos acostumados àquela arma, o revólver servia naquela mão como uma luva. Gostei da invenção da luva, gostei de estar fazendo invenções, era sinal que o trabalho ia muito bem.

Aprender a usar o tato em certos momentos em que ele é a única solução, a não ter necessidade de contar com os outros, resolver tudo sozinho. Nada disso é fácil porque não é fácil o trabalho solitário e sem luz. Quando o que se faz deve ser escondido, não há saída. O sujeito aprende a gostar da solidão ou muda de profissão, mas quem só sabe fazer isso não tem escolha. Melhor assim, a solidão é um excelente biombo.

Não ser visto, mas também não ver, esse é o melhor dos biombos, para isso a solidão cabe com precisão. Mas se é exata assim, no isolamento de mão dupla, a solidão permite a mão única para que o isolado abra uma fresta no biombo para enxergar sem ser visto. É quando eu estou no meio de uma multidão sem que ela me veja, mas sabendo exatamente onde estou e enxergando a multidão inteira. A solidão é assim, não sei se com todos, comigo ela tem esse comportamento desatinado, e eu agradeço.

Chamo de piegas pensar que devo agradecer à solidão por tudo que tenho, inclusive ela. Sim, outra vantagem da solidão é que posso ser piegas sempre que eu quiser.

Comecei a caminhar além do muro na direção da casa depois de verificar o revólver. A arma ficou no bolso externo direito do paletó onde havia um lenço. A lanterna estava na sacola, mas talvez ela não fosse necessária porque havia luz saindo da casa, quem sabe houvesse também luz na parte da casa que eu procurava.

Eram uns poucos metros entre o muro e a casa, mas eu deveria percorrer esse trecho com lentidão, tempo para perceber qualquer inconveniente que pudesse causar risco para o trabalho. Havia algumas janelas com luz, à medida em que avançava eu ia percebendo que estava saindo da escuridão. O que eu tentava enxergar era movimento dentro da casa. Eu já sabia qual cômodo deveria procurar, a sala da terceira janela da esquerda para a direita a partir da varanda com samambaias.

Caminhei até o canto oposto à varanda porque eu poderia margear a parede por três janelas sem luz, as outras três a partir da varanda estavam iluminadas. Quando cheguei ao canto da casa, eu ouvi música. Mais uma vez seria com música, pensei, lembrando que música estava ficando comum no meu trabalho.

Na primeira vez que no cenário do trabalho havia música, eu não dei muita importância, além da tranquilidade de poder imaginar com mais clareza o que acontecia no cenário. Quando aconteceu novamente, tive a tentação de descobrir o que estava tocando, uma tentação perigosa para a segurança do trabalho, portanto, me limitei a só saber se já conhecia a música.

Isso acabou sendo importante para mim. Fica-se às vezes muito tempo sem trabalho nesta profissão, ócio que não me agrada, me incomoda. A tentação de conhecer a música que toca no cenário do trabalho deu a ideia de me dedicar à música nos tempos sem o que fazer. Ligar o rádio, não mais que isso. Comprar discos, ir a concertos, não, por motivos que são muito claros, não.

Eu me esgueirava pela parede da casa com a lembrança do meu rádio e veio uma pergunta que me incomodou. E se no cenário da parte iluminada da casa houvesse um homem sozinho ouvindo música pelo rádio? Teríamos, eu e ele, o rádio em comum, mas apenas isso, o rádio, porque nem aquela música era comum a nós dois, eu não a reconhecia, ela nunca tocou no meu rádio. Eu precisava dessa diferença porque era necessário ser diferente dele, a pergunta deixou de me incomodar quando constatei a diferença.

Livre do incômodo da pergunta, persistia o incômodo da lembrança do rádio. Eu continuei me esgueirando lentamente, mais que o necessário porque eu estava me distraindo com pensamentos sobre rádio que não me ajudariam em nada no trabalho. A música que vinha da casa parecia mais alta, afinal eu ia me aproximando da janela, ou o volume do rádio foi aumentado? Senti medo de reconhecer a música.

Eu precisava me conter, havia trabalho a fazer e eu estava me envolvendo com pensamentos que só atrapalhavam. Recuperar a frieza, era o que me faltava. Parei, ajeitei a alça da sacola no ombro, ergui as costas para deixar o corpo ereto, respirei fundo, forcei as pálpebras e mantive meus olhos sem piscar durante alguns segundos, isso dava certo, eu sempre recuperava a minha frieza.

Cheguei ao meu alvo, a terceira janela contada a partir da varanda com samambaias. Lentamente, naquele momento deveria ser muito lentamente, apoiei as minhas costas contra a parede da casa, o meu ouvido direito rente à moldura da janela recebia a música. No primeiro movimento a janela tinha a aparência de um quadro, mas logo se transformaria na boca de um palco, eu sabia, já havia passado por outros movimentos semelhantes. Eu sabia também que o pano de boca do palco era transparente.

Movimentei a cabeça até que um dos meus olhos entrou na moldura do quadro e enxergou pela boca do palco através do vidro da janela o que se passava no cenário. Juntamente com o primeiro olhar, a pergunta de todas as vezes em que o trabalho me colocou diante de uma janela. Será necessário entrar?

Mesa, cadeiras, poltronas, uma estante com portas fechadas, um bar, um televisor, um homem, uma mulher. O imprevisto, o homem deveria estar sozinho, o imprevisto me fez retornar o movimento de cabeça e tirar o meu olho da boca do palco. A primeira parte havia sido excelente, um movimento de cabeça e um olhar reduzido pela metade foram suficientes para enxergar a sala inteira. A segunda parte trouxe o problema da pessoa imprevista. Parei para pensar, eu deveria ser rápido, encontrar uma solução, o que fazer?

Passei a movimentar na memória o quadro que eu havia enxergado no cenário através da janela. O homem e a mulher conversavam, não ouvi, eu vi o movimento dos lábios deles, falavam ao mesmo tempo. Eu só ouvi a música, vi o televisor, ele estava ligado, a música vinha de lá, não havia um rádio, não.

Não adianta ficar imaginando o que se vai encontrar movido apenas por ideias pessoais. O homem não ouvia rádio, ele conversava com a mulher. Ou discutia, isso havia ficado sugerido na minha memória, o movimento dos lábios deles tinha alguma ira, mas o volume de voz não era exaltado, não cobria a música.

A impressão de que havia alguma ira no movimento dos lábios do homem e da mulher era a prioridade do meu trabalho naquele instante. Se estavam discutindo, eu me perguntava qual seria o desenlace. E me preocupava com outra pergunta, quanto tempo o fim daquilo demoraria para chegar? A discussão entre os dois determinaria a minha maneira de trabalhar.

Repeti o movimento para levar o meu olho ao cenário e apontá-lo, daquela vez, somente para os sinais de discussão. Mas não levei apenas o olho, meus ouvidos acompanharam o olhar e então o movimento dos lábios irados foram percebidos juntamente com algumas palavras que conseguiram emergir da massa de música que vinha do televisor.

Imprecações, eram imprecações, o homem e a mulher e apenas imprecações, eles não conseguiam dizer outra coisa um para o outro, foi a informação que colhi. Eu percebia as palavras, sim, mas não entendia quais eram, o tom das frases de ambos informava que as palavras eram imprecações, mas não consegui identificar uma única palavra.

E não evitei mais uma pergunta, quais palavras um homem e uma mulher usam quando estão trocando imprecações? Foram tantas as respostas que me ocorreram que interrompi a lista de imprecações possíveis, ela estava desviando a minha atenção, e também admiti que as imprecações que considerei possíveis eram minhas e não daquele homem e daquela mulher, como eu saberia as preferências deles?

Retornei à posição onde a parede fazia o meu biombo de proteção. Só me restava a paciência da espera. Sabendo que as minhas costas retas e tensas contra a parede da casa logo começariam a doer.

O fim da música e uma batida de porta chegaram ao mesmo tempo em que surgiram os primeiros sinais de dor nas costas. Eu tinha certeza de que a sacola pendurada no ombro colaborava com a postura tensa e ambos causavam a dor. Eu já sentia dor nas costas antes da profissão, antes da posição ereta e tensa, antes da sacola no ombro.

Uma criança chegando em casa depois da escola e comunicando à mãe, estou com dor nas costas. Isso não aconteceu, mas sempre penso que poderia ter sido possível, comigo teria sido possível, talvez a verdade sobre isso seja que eu esqueci alguma coisa, só não esqueci que um comprimido resolvia tudo.

Tenso com as costas doloridas contra a parede da casa me veio a ideia de mais uma utilidade para a sacola. Carregar comprimidos, a minha posição em pé permitiria que eu abrisse a sacola para apanhar o comprimido sem prejudicar o trabalho. Até uma pequena garrafa com água para engolir o comprimido poderia ir na sacola.

Imediatamente duas questões contrariaram aquelas ideias. O movimento para tomar o comprimido prejudicaria o trabalho, sim, porque me distrairia. E o fim da dor nas costas com o relaxamento muscular representaria também o relaxamento geral no trabalho. Com aquela dor, um risco a menos, a dor me afastava da falha, me distanciava agradavelmente do erro.

O fim da música e a batida de porta serviram de sinal, era a deixa para que eu entrasse em cena. Foi um instante revelador porque mostrou para mim mesmo como eu havia absorvido a profissão, como me tornara eficiente. No momento do sinal, sem qualquer premeditação e sem que eu percebesse o segundo exato em que aconteceu, eu estava com a mão no bolso do paletó segurando o cabo do revólver, o dedo enfiado junto ao gatilho. Mais do que automaticamente, aquilo foi feito naturalmente.

Repassei na memória o ato de revisar o revólver com o tato, outra medida natural, mas que pode ter sido provocada pelo toque no lenço que havia no mesmo bolso do revólver. Depois dediquei alguns segundos de atenção exclusiva à dor nas costas, era importante saber que ela estava ali, que me acompanharia, que me deixaria mais eficiente.

E tomei uma decisão sobre como seria o trabalho. Se houve batida de porta, alguém saiu. Era importante, eu não poderia trabalhar com as duas pessoas na cena. Se o homem saiu, teria que mudar os meus planos, ir atrás do homem. Se quem saiu foi a mulher, bastava aguardar o afastamento dela. Quanto a saber quem havia desligado o televisor, decretando o fim da música, isto não tinha qualquer importância para os meus planos.

Fiz o movimento com a cabeça e olhei pela janela. O homem estava sozinho na sala. Imaginei a cena anterior, ele desligando o televisor e a mulher saindo e batendo a porta.

O homem desligou o televisor porque não gostava de ouvir música sozinho, ou porque não gostava daquela música por causa daquela mulher. Mas ele não estava ouvindo música, ele estava vendo música, era no televisor. Mas eu não poderia pensar que ele olhou para o televisor, o homem deveria estar mais atento às imprecações da mulher e preocupado com as suas próprias imprecações.

Isto da música pelo televisor me confundia um pouco porque música, para mim, somente no rádio. Ainda bem que esse assunto sobre música não tinha importância, não me impedia de continuar a trabalhar.

Eu estava esperando sons que revelassem movimentos, mostrassem o que estava acontecendo, deixassem tudo mais claro, clareza para que eu pudesse continuar a trabalhar. O ruído de um automóvel sendo ligado na frente da casa, depois o som do carro se afastando. Era o que eu precisava ouvir, uma luz para o caminho do meu trabalho.

Aquilo aconteceu rapidamente, a mulher havia saído com muita pressa. Os sons foram esclarecedores, importantes, ainda bem que o homem havia desligado o televisor, com música não sei se teria ouvido a mulher indo embora, e desconhecer aquilo teria complicado o meu trabalho, complicado muito.

A mulher indo embora era o final de alguma coisa, de uma história de amor, eu poderia supor. Muito normal ela ir embora, pensei, porque eu sabia que a casa era dele, eu sabia, talvez ainda não fosse a casa dela também. Mas era o final de alguma coisa, tudo acabando com o ruído de um automóvel que se afastava.

Mas aquilo era mesmo o final? Eu poderia pensar também que era o meio de uma história, ou até que a história estava apenas começando. Ou que fizesse parte de outra história, haveria personagens ausentes cujas vidas seriam modificadas por aquilo que estava acontecendo ali. Como eu tinha que esperar, pude imaginar possibilidades para a história, era pouco o meu tempo de espera ali junto à parede da casa, mas suficiente. E como ia bem inventar uma história para passar o tempo.

Agressões verbais foram o ponto principal da cena na história dos amantes, não houve agressão física, um dramático tapa no rosto, a mão direita da amante na face esquerda do amante, não houve. Mas a mulher poderia estar dirigindo o carro com as mãos agarradas ao volante com força, tentando enfiar as unhas, como se estivesse ferindo o amante, continuando a história deles. O que ela poderia ter feito diretamente no pescoço dele enquanto estavam na sala trocando imprecações.

Se ela tivesse enfiado as unhas no pescoço do homem, que transtorno para o meu trabalho. Mas tudo ocorreu como era melhor para mim e não da maneira como passou pela minha imaginação, que agiu descontrolada enquanto eu aguardava sons revelando que a amante estava indo embora. A mulher partindo e pensando que, ao apertar as mãos no volante, estava dando continuidade à história dos amantes.

Não sei o que falhou na história dos amantes. A sedução fracassou, mas a sedução de qual dos dois? Ou a troca de imprecações era uma técnica de sedução e tudo ainda iria dar certo? Eu não podia me preocupar com aquilo, com aquelas possibilidades na história dos amantes, a história que deveria dar certo era a minha, eu estava pronto para continuar o meu trabalho, e fazer, era a hora de fazer. Até aquele momento eu ainda não havia pensando que, além de tudo, eu encerraria a história dos amantes.

Quebrar o vidro da janela usando a coronha do revólver. O ruído chamaria a atenção do homem, ele viraria o corpo na direção da janela. Era como eu preferia, ele de frente.

Mudar a sacola de ombro não causava qualquer alteração na dor das costas, mas era necessário, uma espécie de aquecimento, mexer com o corpo, prepará-lo.

Trocar a sacola do ombro direito para o esquerdo escondia mais um motivo, deixar o ombro direito livre para os movimentos do braço direito, da mão direita com o revólver.

Essa mudança exigia um cuidado anterior, não chegar àquela fase do trabalho com a sacola no ombro esquerdo.

Detalhes que eu não abandonava porque sabia que eram importantes para que tudo andasse de acordo.

Mesmo a troca de ombro, gesto automático, com o fraco argumento de representar aquecimento ou dando a ele a responsabilidade de deixar a mão livre para a pontaria, mas não passando quem sabe de somente uma intenção próxima de superstição, mesmo esse detalhe era levado com rigor para não interromper a cadeia de movimentos, e chegar ao final, fazer, sempre passando por todas as estações.

Se eu pulasse uma das estações, por exemplo aquela em que eu conferia o revólver, estaria criando a possibilidade de realizar algum movimento equivocado nas estações seguintes.

Isso me preocupava muito porque uma das estações seguintes era fazer.

Deixar de trocar a sacola de ombro para o aquecimento não teria o mesmo efeito negativo que não conferir o revólver estando ele com algum problema.

Mas era claro também que a mão poderia vacilar por falta de aquecimento no braço e provocar um erro.

Por isso eu considerava que mesmo as estações aparentemente com pouca importância deveriam ser percorridas com rigor.

Assim a minha decisão definitiva de ir pelas estações, uma a uma, com precisão religiosa.

Havia estações que não dependiam de mim.

Se um defeito de fábrica tivesse escapado dos controles e fizesse parte exatamente daquela bala em repouso dentro do revólver à espera do disparo, o que seria de mim?

A bala na agulha, o que eu poderia fazer se ela não tivesse passado por todas as estações?

Eu estaria indo na direção de uma estação inesperada no caminho do meu trabalho, a falha.

Eu me mantinha com as costas eretas apoiadas na parede externa do cenário, pronto para me virar na direção da janela e fazer, mas o que aconteceria se a bala na agulha fosse defeituosa?

Existe hora para tudo, já ouvi muitas vezes.

Pude então adotar essa facilidade como desculpa para adiar as minhas preocupações com um possível defeito de fabricação na bala que, naquele momento, estava na agulha do meu revólver.

Poderia, claro que sim, mudar a bala que estava na agulha, caso crescesse a suspeita de ser ela a defeituosa.

Isso seria talvez levado apenas como uma anedota, talvez, mas certamente como uma forma de jogo, com certeza, porque poderia ser a seguinte a defeituosa, e tudo não passaria de uma maneira de praticar roleta-russa.

Esses jogos do acaso não interessam a quem está cumprindo rigorosamente as estações, sem cogitar variações incertas.

Lancei o olho para dentro da sala, o homem estava de pé entre a mesa e o televisor, entendi que ele retornava do gesto de desligar a música simultaneamente com a batida de porta do momento em que a amante deixou a sala.

Eu poderia dizer diferente, me referir à batida de porta como o momento em que a amante o abandonou, mas isso eu não sabia.

Abandono?

Pelo contrário, eu tinha até a suspeita de que a amante voltaria se a história do amante não fosse passar por uma grande alteração dentro de alguns segundos.

O homem parou de pé no meio da sala, de perfil para a janela por onde eu olhava mais uma vez para primeiro formar o cenário com exatidão e depois fazer.

Ele, daquela maneira, de perfil, estava numa posição adequada, já era o que eu chamava de alvo, mas poderia melhorar.

Era a providência que eu tomaria em seguida, colocar o personagem numa postura ainda mais conveniente para mim, transformá-lo num alvo ampliado, aumentando as possibilidades de acerto, reduzindo o erro a um pesadelo improvável.

Era a penúltima estação antes de fazer.

Até ali todas haviam sido percorridas sem acidentes, não era necessário repassá-las na memória, o meu instinto havia feito isso e me garantido que estava tudo em ordem.

Levar o revólver no mesmo bolso em que ia o lenço já havia resolvido um problema, me auxiliado a passar sem arranhões por uma estação inesperada. Mesmo protegido dentro do bolso, o revólver se revela algumas vezes um objeto muito frio. Não aquele frio agradável transportando ar limpo depois de se livrar das impurezas, e que se respira com prazer mesmo com o corpo envolto em lã. Elas, as roupas pesadas, costumam prejudicar os nossos movimentos, mas não tiram o gosto de respirar a ausência daquilo que parece suor acompanhando o ar dos dias muito quentes.

O frio do revólver é incômodo porque ele se revela abruptamente, e também porque acaba sendo ele a revelar o que a nossa mão está envolvendo. Duas coisas em uma, e por isso eu nunca decidi sobre qual das duas era mais incômoda.

Às vezes podemos ser surpreendidos por alguma desordem. É como no meio da noite sair da cama e, em vez de enfiar o pé num chinelo aconchegante, tocar com a sola contra o piso gelado. Sim, é como se houvesse um revólver ao lado da cama, uma das minhas invenções, ser surpreendido no meio da noite pelo frio de um revólver ao lado da cama.

Colocar a mão no bolso para protegê-la do frio e sentir um frio ainda maior. É essa a desordem provocada pelo cabo gelado do revólver dentro do bolso. Aconteceu uma vez, sempre me lembro, de certos momentos de frio é impossível esquecer. Mas também nunca esqueci do bendito lenço que estava no mesmo bolso, e da minha bendita rapidez em envolver o cabo do revólver no lenço, a mesma rapidez que teria provocado o medo de deixar marcas de dedos num objeto como aquele, a mesma rapidez.

As estações inesperadas não foram muitas, nunca me causaram problemas que colocassem em risco o trabalho, eu sempre tinha uma solução imediata, um lenço, um bendito lenço transformando o que poderia ser um grande problema numa modesta anedota.

O frio do revólver não passou de anedota, e como na segunda vez que se ouve uma anedota ela não tem graça, levo o lenço no bolso junto com o revólver, o lenço e a rapidez, se for necessário inesperadamente agasalhar o cabo do revólver. Mas a anedota não chegou ao cúmulo de usar um lenço de lã, isso não, não se tratava de uma desordem tão importante assim. Mas se um dia for preciso, não hesitarei em me sentir ridículo com a mão no bolso do paletó e um lenço de lã para aumentar a temperatura do cabo do revólver.

Parecer ridículo é só jeito de dizer, não se pode parecer ridículo quando não há espectadores. O único espectador era eu mesmo, o que me levava a analisar a possibilidade de me julgar cometendo um gesto ridículo. Eu só saberia o veredito do meu julgamento se um dia levasse um lenço de lã no bolso do paletó, o mesmo bolso do revólver. Se um dia, um lenço de lã.

Sim, haveria um espectador, uma estação inesperada. Aquele homem na sala teria chance de perceber o gesto ridículo de aquecer o cabo do revólver com um lenço de lã? Não seria possível porque o meu gesto estaria protegido dentro do bolso. Mas, mesmo assim, se aquele homem percebesse e julgasse o gesto classificando-o como ridículo, sim, vou imaginar que isso poderia acontecer, se acontecesse, ora, não haveria tempo suficiente para o homem divulgar o veredito.

Mas apesar daquelas ideias que costumam me ocorrer quando é preciso fazer passar algum tempo antes de seguir para a próxima estação, apesar delas, não houve qualquer estação inesperada com as costas na parede junto à janela da casa, não, aquela era uma noite quente no cabo do revólver.

Um completo controle sobre a rapidez do movimento era fundamental para quebrar o vidro da janela usando o cabo do revólver e imediatamente estar com a arma apontada na direção do alvo. Quanto mais rápido o movimento contra o vidro, mais tempo para preparar a pontaria? Não, após o ruído do vidro quebrando, o tempo de pontaria ficava reduzido a quase nada. O alvo, a partir do ruído, estaria sendo avisado que era um alvo, e nada pior que movimentos em um alvo que se espera imóvel.

Portanto, o que eu deveria fazer era dirigir os meus gestos cuidando com a velocidade apenas no momento em que ela faria parte da ação. O gesto com o cabo do revólver na direção do vidro da janela não exigia rapidez, pedia apenas força suficiente para quebrar o vidro. Mas daí em diante virar o cano do revólver na direção do alvo e mirar, a velocidade era imprescindível para que tudo acontecesse sem riscos.

Mas por que não usar as duas mãos? Uma para quebrar o vidro, a outra para segurar o revólver. Não, pela posição com as costas contra a parede, o movimento para quebrar o vidro e apontar o revólver era um só. Movimentar um braço para realizar duas ações é mais rápido do que usar dois braços. Um para cada ação, não, só se fossem ações simultâneas.

Eu estava pensando a respeito do movimento dos braços quando meu corpo começava a girar para que a mão direita ficasse diante do vidro da janela. Tive a impressão que aqueles pensamentos poderiam me provocar uma hesitação, diminuta, irreconhecível como hesitação de tão rápida, mas hesitação, e o pior, causando medo. Não foi impressão.

Um segundo dividido em mil partes, uma dessas partes tinha o tamanho da hesitação, mas o tamanho do medo provocado por ela era imenso, maior do que eu. É um instante de nada, mas que pode determinar o sucesso ou o fracasso. Foi esse instante que me abalou quando meu corpo girava levando a mão na direção do vidro da janela.

Um jogo imposto pela rapidez era o que estava acontecendo comigo. Eu tinha que utilizar força e velocidade nos momentos em que a ação exigia uma ou outra, mas para fugir daquele diminuto instante de medo, quando me ocorreu que os movimentos escolhidos por mim talvez não fossem os mais adequados, eu deveria ter algo além daquilo que o meu corpo oferecia na ação diante da janela.

A única maneira de vencer o jogo era reunir a rapidez de uma ideia com a rapidez oferecida pelo braço. Agir antes que os pensamentos a respeito do fracasso prejudicassem os movimentos. O braço foi rápido, a mão segurando o revólver com o cabo contra o vidro movimentou-se comandada pela ordem de abstrair a ideia de fracasso. O vidro quebrou, a mão fez um movimento e colocou a mira do revólver na direção do alvo, e finalmente um pequeno esforço do dedo indicador da mão direita.

Só me restava aguardar o aparecimento de um calafrio percorrendo o meu corpo com velocidade e desaparecendo pelos pés da maneira de um fio de terra, e a súbita extinção da dor nas costas como se o calafrio conduzisse um unguento milagroso.

Entre o meu olhar e o homem no meio da sala havia uma luz no teto que deixava a imagem nítida, o sangue escorreu de um ponto à altura do bolso esquerdo da camisa sobre o peito do homem.

* * *

Não era a primeira vez que eu trabalhava na chuva, quantos guarda-chuvas passaram por mim, e eu sabia que não seria o último aquele que eu carregava. Chuva ou outro tempo, isso não pode assustar, devo estar preparado para agir em qualquer circunstância. Consultar a previsão do tempo apenas para saber que tipo de roupa usar, e da necessidade ou não de guarda-chuva. Eu gosto de chuva, água me lembra limpeza, me agrada muito.

O guarda-chuva ia na mão, ocupando um braço. Tudo parecia muito simples, a rotina de alguém na rua carregando um guarda-chuva aberto, estranho é quem anda na chuva sem guarda-chuva, eu teria ouvido de resposta se não fosse um monólogo o que eu executava caminhando na rua. Por trás da cena comum de carregar um guarda-chuva, sim, havia um esforço que mais ninguém naquela rua, debaixo daquela chuva e carregando guarda-chuva, teria feito. Exercícios para o destro levar o guarda-chuva com a mão esquerda.

Mais ninguém naquela rua, pensei, mas poderia existir mais alguém, sim. É comum eu me imaginar sujeito único, mas único por causa da raridade da profissão. Essa profissão deve ser mantida escondida, portanto parece que ela não existe, e para aquele do ramo dá a impressão que ela só existe para ele mesmo. E sempre cheia de peculiaridades, como fazer exercícios para levar o guarda-chuva com a mão esquerda, o que fica óbvio por se tratar de um profissional que trabalha com a direita. Apenas caminhando, mesmo com a mão direita fora de uso, eu levava o guarda-chuva com a mão esquerda, era como eu fazia exercícios naquele dia de chuva indo para o trabalho.

E também à esquerda no pulso ia o relógio, a pontualidade era importante, ela me auxiliava no trabalho, colaborava com a eficiência. Pontualidade também cheia de peculiaridades, tanto poderia ser num determinado minuto quanto num intervalo de vários dias. Pontualmente às quatro e cinco ou pontualmente entre sexta-feira desta semana e quinta-feira da semana que vem.

A chuva e o relógio, sim, o guarda-chuva tinha a função também de proteger o relógio, um mostrador de relógio coberto com água dificulta enxergar as horas, impede de ser pontual. Eu sem guarda-chuva me molharia, mas isso não me impediria de ser pontual estando o relógio protegido da água. O que parece tolice pode revelar grande importância se uma gota de chuva falsamente transparente cair no relógio sobre o número cinco, não, não é uma tolice para quem tem compromisso às cinco horas. Só é mesmo uma grande tolice porque eu poderia carregar um relógio de bolso, levá-lo no bolso interno do paletó, consultar as horas como se verificasse se estava tudo em ordem com um imaginário revólver debaixo da axila.

Eu estava inventando tolices com o relógio para me manter consciente de que cinco era o horário da minha pontualidade naquele dia. Nunca admiti uma gota de água da chuva ou outra tolice qualquer me fazendo impontual no meu trabalho. Assim são as profissões e eu não pretendo ser o sorveteiro que esqueceu de ligar a geladeira.

Para evitar tolices que se transformam em tragédia, eu seguia com o guarda-chuva me protegendo da água e conduzido pela mão esquerda, e o relógio me ajudando a ser pontual e levado pelo pulso esquerdo. Era eu usando a esquerda para deixar livre a direita, pois não sou canhoto como o infame Billy the Kid.

Eu caminhava para o trabalho pisando na água acumulada na calçada, preocupado com a proximidade das cinco da tarde, hora em que o homem saía do prédio de escritórios, andava apressado da portaria para o estacionamento, entrava no carro, arrancava. Era assim o homem, pontual todos os dias, de segunda a sexta-feira.

Ainda estava longe do endereço, mas as cinco horas também eram distantes. Eu me preocupava com a pontualidade porque debaixo de chuva, e não era pouca, estava me expondo a algum obstáculo que encompridaria o meu caminho. Eu havia me deslocado pela cidade num táxi, poderia ter feito o trajeto a pé, bastaria começar a caminhar pouco mais de uma hora antes, mas a chuva me aconselhou o táxi como meio para evitar obstáculos.

Saltei do táxi numa rua calculadamente distante do prédio de escritórios. Mesmo que o motorista do táxi lembrasse de mim mais tarde, como me encontraria? De qualquer maneira, me criaria transtorno, algum incômodo, eu sabia disto e me preocupava.

É impossível nesta profissão evitar contatos nos instantes anteriores e posteriores ao trabalho. Sempre existe uma pessoa com quem encontrar, como o motorista do táxi. Mas não custa saltar numa rua afastada do local do trabalho. Nem sempre isto é possível porque há, em certas situações, a necessidade de verificar detalhes importantes para o trabalho e, para que isso saia com precisão, somente um contato muito próximo. Nessas horas é que me preocupo com o incômodo de me ver descrito no retrato falado que aponta alguém visto nas proximidades do local.

Do retrato falado até me encontrar vai uma distância muito grande. Mas me incomodaria ver alguns dos traços do meu rosto tornados conhecidos, quem sabe até pior que isso, populares.

Saí do táxi olhando para o motorista, percebendo que ele não tinha capacidade para descrever com eficiência os traços de uma pessoa. Enfrentou dificuldades para conferir a quantia registrada pelo taxímetro e para me dar o troco. Se eu saísse do táxi sem pagar, pensei, ele demoraria algum tempo até perceber o que havia acontecido. Para dar queixa do passageiro que não pagou, não, ele não saberia descrever os meus olhos.

Imagino então se eu tivesse tal dificuldade para falar um retrato. No meu trabalho sou obrigado a formar na memória o retrato de quem estou buscando. Pois é aí que imagino que transtorno seria ter feito na minha memória um retrato com deficiências, e buscado e encontrado a pessoa errada.

Em uma situação de erro, sim, eu enfrentaria a possibilidade de um sentimento sobre o qual nunca registrei qualquer detalhe de como seja, e que não pretendo conhecer. É por esse motivo que não posso errar, para continuar não sabendo que gosto tem a culpa.

Do ponto onde saltei do táxi até o edifício de escritórios eu tinha um caminho que me obrigava a ziguezaguear pela cidade. Era necessário dobrar à direita e à esquerda para chegar ao destino, não havia um caminho em linha reta. Iniciei um sorriso porque daquilo eu tirava muita ironia, o meu caminho para o trabalho nunca era em linha reta, e naquele caso era literalmente em ziguezague.

Algumas cidades têm linhas retas porque foram construídas depois de desenhadas no papel, mas existem as cidades riscadas no chão conforme as idas e vindas das pessoas, por isso cidades que oferecem um ziguezaguear ininterrupto.

Os manuais de topografia explicam isto, mas não se referem a uma consequência da cidade desenhada aos trancos e barrancos. Ela impõe a linha curva e um ziguezaguear, que é agradável por causa de uma impressão. O caminhar passa a ter a aparência de um esgueirar-se, causando tranquilidade porque esgueirar-se é coisa de quem prefere se proteger dos olhares, e essa era uma das minhas obrigações, mais que apenas preferência.

Além de linhas curvas, a cidade ficava numa região em que chover era fácil, chover forte também. Meus sapatos já estavam úmidos, olhei para baixo e vi, sabendo que logo não seria necessário olhar, eu sentiria a umidade nos pés, era inevitável. Até ali eu pensava que ela não faria diferença. Decidi beber um café assim que enxerguei uma placa indicando bar e café.

Fechei o guarda-chuva na porta e fui na direção do balcão. O lugar estava completamente deserto, fora o homem atrás do balcão, sentado ao lado da prateleira onde ficava o rádio. Acho que ele estava ouvindo um jogo de futebol, mas não sei se era possível um jogo de futebol naquele dia e àquela hora. Mas ficou a lembrança meio obscura que o homem atrás do balcão ouvia no rádio um jogo de futebol, com nitidez restou somente a imagem do rádio.

Pendurei o guarda-chuva no balcão e pedi café, gostei do jeito do homem. Ele não disse qualquer palavra, não gastou nem ao menos um resmungo, e não me olhou direto, levantou da cadeira e fez tudo com má vontade, o que me agradou, quando tivesse saído dali seria como se eu nunca tivesse entrado.

Ele serviu a xícara com café, olhei para o relógio enquanto erguia o braço para colocar açúcar na xícara, mexi o café. Deixei o pires sobre o balcão e segurei a xícara pela asa com a mão esquerda. As cinco horas da tarde ainda estavam distantes.

Um movimento de ombro me fez lembrar do tempo em que eu carregava uma sacola quando ia trabalhar. Com a sacola e o guarda-chuva os meus movimentos seriam mais pesados, mas nada que me impedisse de fazer tudo com eficiência. Hoje, pensei, o guarda-chuva faz o papel da sacola. E pensei também que se não fosse a chuva eu não teria me lembrado da sacola. A chuva provocando recordações, isso era uma coisa que eu não fazia questão que acontecesse. Tratei de mudar o meu assunto enquanto acabava de beber o café.

Enfiei a mão esquerda no bolso externo do paletó e apanhei o dinheiro para pagar o café. E se eu me enganasse de mão e, portanto, de bolso? A mão no bolso direito do paletó, quando ela saísse dali, que susto para o homem do café. Era a segunda vez que eu iniciava um sorriso naquela tarde.

Saí do café sem olhar para o relógio, mas enquanto abria o guarda-chuva decidi, eu fazia isso, decidia, decidi que faltava pouco tempo para cinco horas e apressei o passo.

Não foi um correr pela rua nem o caminhar de quem estava atrasado, era a velocidade de um sujeito que não pretendia perder a hora, que tinha um compromisso com a pontualidade.

Para me informar a respeito da entrada do edifício de escritórios e sobre o estacionamento, como eram, que forma tinham e como estavam localizados, visitei o local várias vezes antes do dia do trabalho, permanecendo ali entre um pouco antes e um pouco depois das cinco.

A precaução de não ser visto num lugar onde eu iria trabalhar foi menor do que a preocupação com a eficiência do trabalho.

Tem profissão que é assim, como a do sorveteiro, que a cada instante verifica se a geladeira está ligada.

Meu planejamento incluiu uma preocupação surgida na manhã daquele dia quando começou a chover.

O homem sairia pontualmente às cinco da tarde pela portaria do edifício e andaria na direção do estacionamento para apanhar o carro.

Ele faria o trajeto usando um guarda-chuva?

Ou correria descoberto debaixo da água?

Ou, então a minha preocupação, haveria um funcionário do edifício na portaria para acompanhar as pessoas com um guarda-chuva até o estacionamento?

Eu não poderia realizar o trabalho se ocorresse a hipótese de um acompanhante.

Uma testemunha era inaceitável, e também inaceitável ser obrigado a pensar numa forma de me livrar dessa segunda pessoa.

O planejamento definiu ainda de manhã o que aconteceria.

O trabalho seria adiado.

Sem que isso causasse maiores danos porque, no dia seguinte, o homem repetiria pontualmente o trajeto, e talvez sem chuva.

Se chovesse novamente, haveria a pontualidade do dia seguinte, e do outro e do outro, aquele homem sempre pontual.

Pontualidade diária que resolveria qualquer outro tipo de imprevisto como, subitamente, em vez de tomar a direção do próprio carro no estacionamento, erguer o braço para um táxi.

Mas e se o acaso determinasse que fosse o mesmo táxi que eu havia acabado de tomar?

E se o motorista me reconhecesse?

Retornava a minha velha mania de inventar possibilidades de problemas.

Tinha que parar com aquilo, porque eu acabaria sendo prejudicado.

Precisava encontrar outro assunto para abandonar aquele.

Mas não havia outro assunto, nem dor nas costas eu estava sentindo.

Foi então que a umidade que vinha do chão molhado completou o trajeto através dos sapatos e das meias e chegou aos pés.

Aquilo me fez um bem danado, uma injeção penetrando pelos pés e me enchendo de combustível.

Apressei o passo num entusiasmo tão grande que me ocorreu a ideia de fechar o guarda-chuva, que na chuva eu estaria ainda melhor.

Não fiz aquilo, não, eu não podia nem passar perto da hipótese de, no momento do trabalho, ser atacado por um espirro anunciando que eu havia me transformado num sujeito gripado.

Seria engraçado e trágico, uma circunstância que eu não admitia.

Uma brincadeira, teria sido uma brincadeira, e eu me conhecia o suficiente para saber o que eu pensava a respeito de brincadeiras.

E, o pior de tudo, eu pensando uma tolice daquele tamanho quando estava me aproximando do edifício de escritórios muito perto das cinco horas da tarde.

Aquilo me levou a uma brincadeira comigo mesmo, que brincadeira tem hora, mas não é às cinco da tarde.

Eu precisava me controlar, o engraçado muito próximo de trágico voltava a me atacar.

A solução que me agradou foi pensar mais uma vez na umidade que subia pelos pés, mas era o mesmo que voltar a pensar num espirro anunciando a minha gripe durante o momento básico do trabalho.

Eu estava me deixando levar por pensamentos que já haviam começado a atrapalhar meus movimentos.

Olhei para o relógio, para a porta do edifício, para o estacionamento, para o relógio novamente, e o movimento com o braço me fez mudar de assunto e contornar os pensamentos que me prejudicavam.

Eu tinha que pensar sobre a posição do guarda-chuva durante o trabalho.

Fechar e carregar no braço esquerdo? Fechar e abandonar numa lata de lixo?

Manter aberto levado pela mão esquerda e me protegendo da chuva?

A última opção tinha duas vantagens.

O homem não seria prevenido pela aproximação de uma pessoa sem guarda-chuva naquele momento de chuva forte e, se fosse necessário chamar a atenção dele para que se virasse e ficasse de frente, o guarda-chuva serviria para tocar no homem, e ele me encararia somente quando fosse necessário, no último segundo.

Já não faltava muito tempo para o último segundo antes das cinco horas da tarde. Fiquei de pé numa esquina que me colocava num ângulo à mesma distância da entrada do edifício e do estacionamento. O homem sairia caminhando da portaria do edifício, ao mesmo tempo eu desceria da calçada e atravessaria a rua indo na direção do ponto médio entre a portaria e o estacionamento.

Eu andaria mais devagar do que ele, por passos curtos ou pelo atraso ao atravessar a rua entre os carros, mais devagar para que ele chegasse antes de mim ao ponto médio. Então eu o seguiria a alguns metros de distância e me aproximaria quando ele estivesse ao lado do carro.

Por que ele saía do edifício às cinco horas da tarde? Seria natural cinco ou dez minutos depois, significando que havia deixado o escritório às cinco em ponto. A pontualidade devia ser então sair do escritório exatamente às quatro e cinquenta e cinco, para estar perfeitamente às cinco horas passando pela portaria, contando também com a pontualidade do elevador.

Numa atividade comum, o trabalho no escritório termina numa hora cheia, deixa-se o edifício um pouco depois, só não é assim em muito poucas profissões. Antes que eu começasse a constatar alguma coincidência entre nós, perdendo tempo e inventando problemas, voltei a rememorar o desenho dos meus passos.

Os meus movimentos depois do trabalho exigiam rapidez porque eu teria acabado de agir em campo aberto. A solução era a mais simples possível, correr. Até o momento do encontro com o homem ao lado do carro eu usaria o guarda-chuva como biombo, seria a minha máscara.

Depois, quando eu começasse a correr, largaria o guarda-chuva, seria apenas um sujeito correndo na rua para ficar o menor tempo possível debaixo da chuva, correndo para a primeira marquise que prometesse proteção. Era o que a minha cena queria sugerir, porque em vez disso eu continuaria correndo além das marquises, ziguezagueando, desaparecendo.

O risco de chamar a atenção ao largar o guarda-chuva estava previsto, não havia como evitar, mas não era um grande risco. Alguém fazendo o gesto incompreensível de jogar o guarda-chuva porque preferia correr debaixo da chuva, sim, era uma cena, mas quem repararia estando também enfrentando o aguaceiro? Uns com o próprio guarda-chuva funcionando como meu biombo. Outros, aqueles sem guarda-chuva, tendo o aguaceiro no papel de pano de boca, a cortina de chuva fechando a cena. Sem grandes riscos também porque tudo seria muito rápido, não sobraria tempo para coletar informações suficientes para a formação de um retrato falado.

Não olhei para o relógio para saber as horas, as cinco da tarde haviam chegado porque o homem saiu pela portaria do edifício, abriu o guarda-chuva, começou a caminhar na direção do estacionamento. Cumpria exatamente o meu desenho, olhava para baixo, o que permitia que eu imaginasse que era tão perfeito o cumprimento do que eu havia planejado para o homem que ele seguia uma linha desenhada por mim no piso do estacionamento.

Parou ao lado de um carro, mudou o guarda-chuva para a mão esquerda, usou a mão direita para tirar a chave do bolso e começou a abrir a porta do carro. Acredito que ele ouviu o ruído dos meus passos na água da chuva no piso de asfalto do estacionamento, acho que foi isso que fez o homem virar de frente para mim. A marca de sangue ficou na capa impermeável cinza.

Fiz a oração, sempre faço a oração quando estou diante do prato de comida, não é a oração para a mesa posta, é depois de me servir, de fazer o meu prato. Rezo para a comida, um dia me ensinaram, aprendi, nunca esqueci. Nunca entendi, não tive tempo de pensar naquilo para conseguir entender, continuei fazendo a oração, um dia terei tempo para pensar sobre a oração para o prato de comida.

Uma coisa que eu nunca conseguia me lembrar era se, quando me ensinaram, disseram para fazer também o em-nome-do-pai. Como eu não tinha certeza, não o fazia. E a oração, acho que ela teve algumas mudanças durante os anos, acredito que isto não tem problema porque é assim mesmo que são as coisas, elas mudam.

Mas eu não gosto de mudar de comida. Eu sei fazer direito o meu bife, as batatas fritas, preparar o ovo, arroz, uns tomates, pão preto. Mas não é por só saber preparar isso que eu não goste de mudar de comida. Se eu pretendesse mudar, aprenderia a preparar outros alimentos.

Algumas coisas eu não gosto de mudar, outras eu prefiro que mudem, mas tem também aquelas que eu ainda não sei se quero que mudem ou não. Acho que acontecer assim é o mais normal que existe. Eu gosto da comida de sempre, a oração pode mudar, a comida não muda nunca.

Que o trabalho abre o apetite é conversa fiada. Não acontecia comigo, pelo contrário, chegava do trabalho sem vontade de comer. Era obrigado a comer alguma coisa porque eu sabia que havia usado energia e ela precisava ser recuperada. Mas a questão não era apenas o esforço físico.

Ter dado uma longa corrida, e que para agravar foi debaixo de chuva forte, é desgaste certo, mas a tensão por causa de imprevistos, ou mesmo por causa apenas da possibilidade de imprevistos, é muito maior. Mas era só começar a comer que o apetite aparecia, daí que surgiu a minha invenção de dizer que não é o trabalho, o que me abre o apetite é a comida.

Na minha mesa, em minha casa. Depois do trabalho, comendo. Mas não apenas isso, a minha casa era também o meu escritório. Não era, mas eu chamava assim, gostava de pensar na minha casa como sendo o meu escritório. Às vezes casa, outras escritório, isto era muito bom.

Na mesma mesa onde ficava o meu prato de comida, eu espalhava papéis e fotografias com informações para o meu trabalho. Era no fogão em que fazia a comida que eu queimava papéis e fotografias que precisavam desaparecer. Eu misturava trabalho com comida, casa com escritório, isto era muito bom.

As janelas da minha casa davam para a rua, eram três janelas de duas folhas cada, com vidro e cortina. Elas passavam a maior parte do tempo fechadas, eu abria as janelas para ventilar a casa, sem necessidade de abrir as cortinas. Elas balançavam, mas não me incomodavam.

Um dia choveu com uma das janelas aberta, vento e chuva, o vento balançou a cortina, a chuva respingou sobre a mesa, mas ela estava vazia de prato, papel ou fotografia. Afastei a mesa das janelas por precaução.

A cortina escura, muito escura, não se via através dela, tornando necessário abrir a fresta para enxergar, abrir a fresta do jeito como se abre uma porta, mas indo somente até o ponto de deixá-la entreaberta. Entreaberto é espaço suficiente para um olho, se alguém olhasse no sentido contrário veria apenas um olho do retrato, portanto sem utilidade.

Quando eu olhava para a rua, isso acontecia, sim, muitas vezes, eu puxava a cortina da janela do meio para abrir a fresta, um olho na direção da rua. Eu olhava com frequência, mas nunca enxergava algo na rua que valesse a pena, por isso minhas idas à janela foram rareando, acho até que já acabaram. Sim, acabaram, mas a ideia permaneceu para o caso de alguma necessidade que possa ser resolvida através da fresta da cortina escura na janela.

O arroz e os ovos eu ia comendo com garfadas separadas, o bife cortei em pedaços bem pequenos, as batatas fritas levavam pouco sal, apenas o sal necessário, o tomate cortado de comprido, o pão preto era seco e a fatia segurada com a mão, um copo com água para goles curtos e espaçados. Da mesa senti o vento, olhei e vi a cortina balançando, pela abertura da cortina enxerguei a rua. Foi muito rápida a passagem do vento, mas no pedaço de rua que enxerguei eu vi um táxi passando.

Eu estava com o copo na mão quando enxerguei o táxi de relance, tomei um gole um pouco maior de água, alguma coisa me fez querer mais água. Retornei ao prato juntando no garfo um pedaço de carne e uma fatia de tomate, depois uma garfada com um pedaço da gema do ovo e duas batatas fritas. Fiquei com muita fome e comecei a comer com velocidade, enfiei na boca de uma vez uma fatia inteira de pão. Engolia a comida com rapidez e ia pensando que o táxi havia passado, que não estava estacionado, não havia passageiro descendo do táxi, quem iria querer visita logo durante a refeição?

Refeição que começa com uma oração não deve ser interrompida, eu não me lembrava quem tinha me ensinado aquilo, mas a frase estava encalacrada na minha memória. Era muito bom estar pensando naquilo e não no táxi, não era a primeira vez que eu me incomodava com táxi naquele dia, era bom acabar com aquilo. Era hora de impedir que aquelas ideias interrompessem a refeição que havia começado com uma oração.

Muito do que me ensinaram, e eu nunca conseguia lembrar quem havia sido, entrava e saía da minha memória. E pela minha vontade, sim, porque eu estava conseguindo dirigir os movimentos, pensando num certo assunto até o momento em que me interessava manter a ideia viva, fazendo tomar o rumo da saída quando era melhor esquecer. O engraçado é que entre tudo o que esqueci está também quem me ensinou. Ou então esqueci que não houve ensinamento, que tudo o que aprendi caiu do céu ou eu achei na rua. A comida estava me deixando irônico.

Me levantei para apanhar mais um tomate na geladeira, olhei com o rabo do olho para a janela, a cortina estava imóvel, através dela não passava imagem nem de relance. Voltei com o tomate, cortei de comprido, lancei nele uma pitada de sal. Foi quando do vi que o saleiro estava em cima de um papel que era da mesa do escritório e não da mesa de refeição. Havia informações escritas no papel, corri para o fogão, acendi, pus fogo no papel, fiquei segurando a folha pela ponta. Quando a chama chegou perto dos meus dedos, eu tive certeza de que não restava mais nada do que havia sido escrito no papel.

Voltei para a mesa desanimado, era a frustração por ter cometido um erro. Não houve qualquer consequência, mas era um erro. Afastei o prato da minha frente, não havia apetite que suportasse um erro. Fiquei tão irritado que fui obrigado a fazer um grande esforço para resistir à ideia de ir para a janela olhar para a rua, verificar que a chuva tinha passado, e talvez vasculhar a rua em busca daquele táxi que poderia representar outro erro.

Foi demais, era muita coisa ao mesmo tempo me atormentando, não sei como deixei que aquilo acontecesse naquela hora, o instante da refeição, e com aquela intensidade. Comecei a consertar a situação.

Eu havia trabalhado com toda a eficiência possível, tudo saiu conforme o meu desenho. Eu não tinha que ficar inventando erro, acreditando que certos movimentos haviam sido realizados da maneira errada, que eu tinha naquele dia produzido erros. Informei para mim mesmo que tudo o que havia feito estava certo, que a ideia de erro é somente um pequeno pesadelo que acontece aos sujeitos envolvidos com determinadas profissões.

Beber água de pouco pode ser precaução para não se engasgar. Eu não bebia com goles curtos e espaçados por causa disso, mas também servia para isso. Eu bebia água daquele jeito porque me ensinaram que se bebe pouco e devagar durante as refeições. Assim como acontece com a água, muita coisa que eu faço tem duas serventias.

Mas tem o momento de dar goles enormes e com pressa quando vem algum nervosismo. Sabendo que é assim, fica mais fácil fazer conserto. Quando eu falo muito em fazer conserto é que ando tomando água de maneira errada. E falar das serventias da água é outra maneira de fazer conserto, nunca falha.

Outra coisa que eu faço com dupla serventia é escrever o relatório. Primeira serventia é para ter registrado como foi o trabalho. Posso necessitar num serviço mais adiante da repetição de algum detalhe, nem tudo dá para deixar na memória, nunca confiei muito na minha memória. A segunda serventia é que fazer o relatório virou uma maneira de me livrar de vez do trabalho. Depois de registrado no relatório, acabou, é como confessar, amém.

Eu me livrava também das fotografias, não via conveniência em acrescentar as fotos ao relatório, eu fazia fogo com elas. As fotografias eram serviços preliminares para o trabalho, as providências prévias ficavam muito bem resolvidas quando fotografadas.

E como me agrada a câmera fotográfica, ela é uma forma de fresta na qual cabe apenas um olho que, além de espiar, registra, sim, também duas serventias. Mas nunca carreguei a máquina para a fresta da janela, não que as duas frestas não combinassem, mas porque o visor da máquina servia apenas para encaixar um olho e enquadrar cenários e personagens que mais tarde fariam parte do meu trabalho. Ir para a janela com a máquina, não, apenas um sujeito se entretendo, um desatino, não.

E também desatino as fotos no relatório porque elas registravam o cenário antes de uma grande transformação, como estava nas fotografias o cenário não passava de mentira, o próprio relatório o dizia.

Me lembro de um relatório que foi batizado, uma invenção minha no dia em que virei o copo com água e alguns respingos bateram na página que eu estava escrevendo. Não borrou porque as gotas bateram onde não havia palavras. Não, a página não estava em branco, já ia além da metade, muito além, quase no fim, mas as gotas caíram somente nas entrelinhas e nas margens. Considerei um grande acontecimento, cheio de recados do acaso, mas não deixei de me criticar pelo descuido que poderia ter sido desastroso, borrar uma página do caderno de relatórios, nunca.

O acaso nem sempre é tão generoso, aliás, pensei muito no grande acontecimento das gotas de água evitando as palavras, de o acaso ter sido tão benevolente. Pensei principalmente que não deveria contar com esse comportamento do acaso todos os dias, talvez mesmo nunca mais.

Precaução, mas também respeito com o acaso. Precaução de não considerar o jogo parte do meu trabalho, era um risco levar o jogo para o trabalho, já bastavam algumas tendências de jogo que ele tinha. Tomei ainda a precaução de não colaborar com o acaso, nunca mais levar um copo com água para a prateleira.

Eu não escrevia o relatório na mesa, onde o prato, os papéis e as fotografias compunham a mistura de casa com escritório. Eu tinha na parede oposta às janelas um móvel alto com várias prateleiras. Uma delas ficava bem do jeito para que eu, de pé, abrisse o caderno sobre ela e escrevesse. Na prateleira havia somente um copo de vidro onde eu mantinha as canetas com tinta preta.

Não escrevia os relatórios sentado, eu acreditava que, se estava me desfazendo do acontecido, me desligando, dando adeus, eu deveria me manter na posição ereta em respeito àquilo do qual eu me afastava. Eu não pensava realmente que a posição de respeito tivesse muita importância nem que estar de pé fosse algum tipo de penitência, mas eu me sentia melhor com a maneira respeitosa de me separar daquilo para sempre.

Para sempre, sim, mas sem abandonar a hipótese de repetição de detalhes em caso de a única solução ser usar de novo, com a dupla serventia de se tratar também de coisa do passado, já perdoada pelo esquecimento.

Um dos consertos mais difíceis da minha vida foi me livrar do incômodo de considerar que o caderno de relatórios corria riscos, estava excessivamente exposto, perigosamente disponível. Fiz da busca de um esconderijo para o caderno um notável conserto da minha oficina.

Encontrar o esconderijo perfeito foi cansativo. Mais do que cansativo, beirou os limites da tragédia porque teve um momento dramático, ou talvez cômico, o que eu mesmo julguei mais coerente, cômico, sim, mais coerente com o que aconteceu, admiti. Fui tomado por um desespero tão grande que cogitei insultar o caderno. Mas consegui me conter no último instante antes de chamar o caderno de alguma obscenidade.

Que cena teria sido, um sujeito de pé diante de um móvel, um caderno aberto sobre a prateleira à altura dos braços dele. Que cena teria sido o sujeito apontando o dedo indicador da mão esquerda, ele vivia treinando a mão esquerda naquela época, o sujeito com o dedo apontado na direção do caderno e expelindo um potente e dramático filho da puta, que cena. Foi a cena que eu evitei no último instante.

Isso veio logo depois da questão da tinta preta para escrever o relatório. Já iam longe os relatórios quando percebi que lápis e borracha permitiam certas facilidades, mas eu havia começado a escrever com a tinta preta, impossível de apagar. Não quis mudar no meio do caminho, sempre mantive aversão por mudanças, havia exceções, mas os meus motivos para considerar algum caso exceção me eram obscuros, e nunca pensei em mudar também sobre isso.

Continuei com a tinta preta, admitindo que ao errar a solução era uma só, riscar. Cobrir com tinta preta as letras pretas que deveriam sumir. Sempre me orgulhei do pequeno número de correções no caderno. Nunca me orgulhei de ter cogitado um grito obsceno para o caderno.

Não me ocorre, quando estou trabalhando, que devo registrar na memória todos os detalhes para que o relatório no caderno seja completo, perfeito, sem falhas. Quando estou escrevendo o relatório, inevitável, me ocorre que posso estar sendo incorreto com o que realmente aconteceu, pulando alguma coisa, acrescentando algo que não existiu, mas que tive a impressão de ter vivido.

Penso então que estou apenas mais uma vez inventando confusão para mim mesmo e continuo escrevendo como se tudo aquilo tivesse mesmo acontecido. Não porque seja mais fácil para mim, é porque não existe outra solução, só isso.

Já olhei para o caderno com uma ideia, ou uma necessidade, ou algo que eu não conseguia definir com precisão, a ideia de borrar com tinta preta todas as letras escritas com tinta preta nos meus relatórios. Mas eu faria isto em nome do quê? Como eu não sabia, nunca fiz.

Esse havia sido o problema mais fácil da minha vida. Onde esconder o caderno era a questão mais difícil da minha vida. Eu não percebia que a questão mais fácil da minha vida teria resolvido a questão mais difícil da minha vida. Sim, uma maneira perfeita de esconder o caderno era riscar tudo.

Encontrei o esconderijo, não era necessário riscar o caderno todo, poupei tinta das minhas canetas e escapei do trabalho de riscar páginas e páginas de relatórios. Não que eu tivesse preguiça e estivesse evitando a trabalheira de riscar tudo, não. Fiz um esforço muito maior para encontrar o esconderijo, o trabalho me custou dias e evidentes sintomas de esgotamento. Não precisava, mas eu provei para mim mesmo mais uma coisa, que eu não era preguiçoso. Aliás, se fosse, já teria mudado de profissão.

O esconderijo perfeito para o caderno de relatórios estava onde demorei muito tempo para descobrir, bem diante do meu nariz. Iniciei um sorriso quando finalmente cheguei ao fim da busca e encontrei lugar com condições severas para manter a minha caligrafia com letras pretas protegida da curiosidade, ou qualquer outro nome que tenha isto que estou chamando de curiosidade.

Alguns lugares da casa ofereciam condições de esconderijo, no guarda-roupa entre calças, camisas e cuecas, por exemplo, ou na prateleira mais baixa entre os sapatos, ou na cozinha misturado às panelas. No banheiro, quase no teto, sobre a caixa com água para a descarga na privada. Numa parede falsa, num cofre atrás de um quadro. Abrindo o rádio e encontrando um espaço entre as peças. Ou disfarçando o caderno com a capa de um livro, por fora seria a bíblia ou a lista telefônica.

Não, o esconderijo era perfeito, e bem diante do meu nariz. Passei muito tempo procurando um lugar distante enquanto o eldorado estava na minha frente, a um palmo. Era o abrigo inquestionável para ludibriar quem se aventurasse na busca ao caderno. Não existia mapa com um xis revelando o lugar do tesouro, não, o tesouro sem mapa estava enterrado um palmo diante do meu nariz. Enterrado, mas não sepultado, e eu iniciei um sorriso por causa da inesperada invenção.

Fui auxiliado pelo acaso, confesso, não se encontra algo bem na frente do nariz sem a ajuda do acaso. O meu medo de jogos do acaso foi o que acabou dificultando a minha busca pelo esconderijo perfeito. Quando decidi ignorar o jogo, pronto, estava ali, o esconderijo diante do meu nariz.

Me invadiu uma grande alegria, confesso também, pensei mesmo que a história da busca pelo esconderijo merecesse ir para o caderno de relatórios. Não fiz tal coisa, não, me pareceu que mais tarde eu me arrependeria e então teria algumas páginas inteiras borradas de tinta preta para esconder o que havia entrado no caderno por engano. Pior, nem por engano, teria sido por falsa alegria.

Enquanto buscava o esconderijo, sim, não escapei de um incidente. A ideia de borrar tudo para melhor esconder e a outra de fazer relatório sobre as buscas pelo esconderijo provocaram o incidente, uma outra ideia. Em caso de arrependimento, em vez de borrar, como fazem os pintores que mudam de ideia e pintam por cima, eu poderia rasgar as páginas incômodas. Um incidente de pequena monta porque a ideia foi embora com a mesma facilidade como veio. Um absurdo tão grande não sobrevive um segundo sequer.

Identifiquei o esconderijo para o caderno, o caso estava enfim resolvido, tão bem resolvido que chegar a ele era uma pretensão imensa, um disparate, sim, uma idiotice, inteligência era não tentar uma fantasia daquelas. Disso eu sabia com toda a certeza do mundo porque o esconderijo se revelou fascinante para mim, tanto que eu mesmo hesitava alguns segundos quando ia apanhar o caderno escondido diante do meu nariz.

Estava muito bem guardada a minha caligrafia, que eu assistia sofrendo pequenas mudanças a cada relatório. Minhas letras estavam ficando mais arredondadas, um dia reparei, vinham deixando de ser um escrever e se encaminhando para ser um desenhar. Me assustei com aquilo, deixou um gosto esquisito, mudando de escrita para desenho? O que estava acontecendo comigo?

Foram alguns dias de preocupação, os meus relatórios não poderiam se transformar em desenhos, nem pensar numa coisa dessas. Eles tinham que manter a forma de escrita porque era assim que o meu trabalho deveria ser contado. A ideia de desenho era perigosa, eu estava sendo levado inconscientemente para a produção de retratos falados.

Bastou modificar a caligrafia, recuperar a antiga, e mais um conserto estava realizado. A ideia de mudar a caligrafia, passando a escrever com a mão esquerda, sim, me ocorreu, mas eu não precisava da mão direita para outras atividades quando estava escrevendo os relatórios. Abandonei a ideia, foi o suficiente recuperar a caligrafia dos primeiros relatórios e eles continuaram onde deveriam estar, manuscritos e abrigados.

* * *

O sangue escorreu do pescoço, manchou o colarinho e avançou pela parte da frente da camisa. É uma questão de controle fazer com tamanha precisão, e somente aquele que faz sozinho tem controle total sobre as ações, o solista.

Fui me afastando com dois objetivos se emaranhando entre as minhas ideias, sair dali e depois a viagem de volta. Eu ainda estava ali, mas já desejava chegar em casa. Recuperei o controle, ele permitiu que eu andasse um caminho por vez.

O primeiro caminho era retornar pela trilha de terra até a estrada, se olhasse para trás veria na varanda da casa um homem sentado numa cadeira de madeira com a cabeça caída sobre o peito. De longe não estaria visível o charuto aceso que rolou pelo chão de tábuas da varanda e parou próximo da escada que dava para o pátio.

A trilha cercada de árvores era feita por duas valas rasas e paralelas cavadas por pneus. A terra ainda estava úmida de alguma chuva recente. Eu fazia uma caminhada curta, ou eu pensava que fosse curta porque meus passos eram rápidos, como foram rápidos também na chegada. A irregularidade da trilha dificultava aqueles movimentos, mas bastava ter o cuidado de erguer os pés um pouco além do normal em cada passo para evitar que tocassem nas desigualdades do terreno e provocassem desequilíbrio.

A caminhada era firme, apesar de um pequeno desconforto com o paletó pendendo para a direita e escorregando do ombro a todo instante, puxado pela desproporção de peso entre o bolso externo direito e o esquerdo, este vazio, aquele com peso. Mas o esforço físico da caminhada era agradável, me conduzia apenas para o caminhar e para mais nada, e naquele momento não havia nada mais a fazer a não ser caminhar.

Por entre as árvores eu já via a estrada, pude portanto passar a pensar no segundo caminho, o mais longo. Na ida, quando ainda nada havia acontecido, cumpri uma caminhada serena. Na volta, depois de feito, uma boa dose de tensão. Ou era eu mesmo suspeitando ao me enxergar caminhando solitário pela beira da estrada. Eu era o único que sabia do ocorrido, somente eu poderia suspeitar. Saí da trilha e entrei na estrada com a certeza de que a caminhada de volta também seria serena.

A ideia de ir com um carro foi a primeira abandonada durante o planejamento. Um motorista de táxi ao meu lado, absurdo. Entrar numa loja para alugar um carro, outro perigo. Utilizar um ônibus que fizesse trajeto por aquela estrada, quantas testemunhas viajando no ônibus. Caminhar era a melhor solução porque a única.

Não poderia haver o risco de testemunhas entre a cidade e o alvo. Ônibus e trem não apresentavam perigo para entrar na cidade ou para sair dela e voltar para a minha casa, algumas baldeações forneceriam um mapa completamente diferente de como foram os meus movimentos.

Uma questão sobre a caminhada pela estrada me preocupava. Eu teria chance de me envolver com pensamentos que me cansariam mais do que muitos quilômetros a pé. Mas fui me distraindo com a própria estrada, uma única pista, ida e volta, placas de sinalização entre o asfalto e o mato, poucos acontecimentos na estrada.

Passou um automóvel com um homem, não creio que ao menos tenha virado os olhos na direção do sujeito que caminhava na beira da estrada. Uma caminhonete com três pessoas e acho que uma criança. Um automóvel com duas mulheres. Um motociclista mascarado por um capacete. E o caminhante ignorado.

Sobre os que passaram na direção em que eu ia, sempre um pequeno arrepio diante da ideia de uma súbita redução de velocidade, até parar e oferecer carona. Não aconteceu, não. Na direção contrária passou um caminhão com um motorista barbudo, o volume do rádio na cabine era tão alto que ouvi a música, apesar do ronco do motor.

Não sei o que me levou a pensar que eu encontraria cães protegendo a casa, talvez tenha sido a localização fora do meio urbano, o que não fazia sentido diante da evidência de tantas casas da cidade guardadas por cães. Eu tentei a informação prévia sobre cães, não consegui. Se houvesse cães eu teria que saber enfrentá-los. Havia um meio, mas que transtornaria todo o trabalho, criaria uma confusão que não me interessava, mas era a única maneira, teria que ser aquilo, eu não tinha como escapar.

Eu teria feito aquilo com os cães, sim, por falta de alternativa, e mesmo porque eram apenas cães, pensei, eles me dariam trabalho e eu pouparia o trabalho deles. Imprevistos devem ser encarados com naturalidade e resolvidos com eficiência, eu sempre levava comigo esse convencimento. Na chegada, ainda na trilha de terra, a ausência de cães já era visível.

Pensando nos cães que não existiram, eu caminhava pela estrada, deserta naquele momento. Só me faltava ouvir ao longe uns latidos de cachorro. Iniciei um sorriso por causa da invenção. Ter inventado só foi possível porque o trabalho havia andado conforme o planejado, sem necessidade de alternativas para transtornos de tamanho perigoso.

Vi os primeiros sinais da cidade, o terreno era plano, e dali para a frente a estrada não ziguezagueava mais, mantinha-se reta até entrar na cidade. Os primeiros sinais da cidade eram chaminés gêmeas, eu tinha visto quando cheguei, mas dali daquele ponto da estrada eu não via as duas chaminés, enxergava somente a fumaça delas. Não via os prédios porque o terreno era plano mas tinha muitos trechos cobertos por árvores.

Então dois problemas. O primeiro veio com a ideia de encontrar outro caminhante na estrada, vindo na minha direção. O segundo foi consequência do primeiro, subitamente ouvir passos às minhas costas, um caminhante mais veloz do que eu estava prestes a me ultrapassar. Ergui a cabeça, forçando o corpo a ficar ereto e eu mais alto, olhei para o fim da reta, vi um veículo muito pequeno porque muito longe, sem sinal de gente caminhando, porque não havia ou porque estava pequena de tão longe. Olhei para trás, até onde deu para ver a estrada antes da primeira curva, nem veículos. Fim dos dois problemas, muito fácil, quem me dera fosse sempre assim.

Eu não conseguia calcular a distância até a cidade. Uma estrada reta, adequada para cálculos errados, sugeria algo que ela não era, ela se afunilava e virava uma linha muito fina até sumir, uma perspectiva perfeita para uma conta equivocada. Ao mesmo tempo em que o resultado da conta me indicava o fim muito longe, havia um cálculo alternativo em que tudo era apenas ilusão, portando o fim da estrada ficava muito perto.

Interrompendo a ideia de calcular a distância, iniciei um sorriso admitindo que o número de quilômetros não tinha qualquer importância, me bastava caminhar, mesmo sem saber o tamanho da estrada, caminhando eu chegaria ao fim dela e entraria na cidade, eu não precisava complicar coisa alguma, nem para passar o tempo.

Mas o tempo custava a passar numa estrada onde não havia marcos indicando os quilômetros ou uma placa informando quanto faltava para chegar à cidade, nem ao menos uma placa com o nome da cidade.

A cidade onde eu desembarquei para caminhar até a casa com varanda de chão de tábuas era pequena, ruas largas, algumas sem um único carro circulando ou estacionado. Casas de piso único, muitas cercas de madeira, cães circulando nos jardins, árvores frutíferas. Umas poucas casas com segundo andar, a maioria com varanda superior. Meia dúzia de prédios com três ou quatro andares, um deles hotel. O ponto mais alto era a fumaça das chaminés gêmeas.

Limpeza por falta de lixo nas ruas, por casas com pintura nova, por muros caiados de branco e sem manchas, por falta de terreno baldio. A cena de um rato atravessando a rua de um bueiro para outro era improvável.

Nas ruas apenas algumas folhas de árvores que resistiam desde a queda no outono, mas não maculavam, ao contrário, diziam que tudo por ali andava conforme o que se espera das estações, e como me agradava quando tudo funcionava assim. Desci do trem percebendo limpeza, subiria no ônibus para voltar sabendo que aquela limpeza continuaria ali e não seria prejudicada por nada que tivesse acontecido.

Os dois mapas dos meus movimentos, o verdadeiro e o falso, tinham a cidade como ponto central. Foi nela que eu desembarquei de um trem, depois de duas baldeações, fazendo a viagem desenhar uma curva. O caminho mais seguro entre dois pontos era em linha curva, inventei e iniciei um sorriso. Retornando do trabalho, logo eu estaria entrando novamente na cidade e tomando um ônibus, início da viagem de volta também com duas baldeações e a linha curva. Assim foi planejado, assim eu fazia que tudo sucedesse.

Na estrada, feita de linha reta quando se aproximava da cidade, eu escolhi a margem direita para caminhar, passavam ao meu lado os veículos que iam na mesma direção que eu, me enxergavam pelas costas. Se eu usasse a margem esquerda, passariam por mim no sentido contrário e quem estivesse nos carros me veria de frente e próximo. A simples escolha do lado correto da estrada para caminhar me afastava dos riscos de um retrato falado.

As pernas finalmente denunciaram o tamanho do esforço daquele dia, eu senti dores musculares que já eram esperadas, fortes e esperadas, e que não me incomodavam. Faltava pouco para chegar à cidade, as pernas logo estariam descansando dentro do ônibus, e mais algumas horas repousando em casa, eu não conhecia os números da distância, mas sabia distinguir o longe do perto.

Lá adiante, no encontro das margens paralelas da estrada, eu via a cidade entre árvores. Foi tratando de enxergar a diferença entre o longe e o perto que meus olhos denunciaram alguma dificuldade, a sensação de que quanto mais me aproximava pior era a visão. Bastou um giro de cabeça, retirar os olhos da perspectiva das linhas, ver em volta, enxergar que começava a escurecer.

Era um inverno regular, escurecia mais cedo e mais rápido, fazia frio, mas não um frio exagerado, me bastava de agasalho um paletó, calor era o que não me faltava numa caminhada tão longa. Se havia mesmo frio, eu não poderia dizer com certeza, mas a noite era certa, conforme o que se esperava que o inverno fizesse àquela hora.

Muitos dos meus trabalhos foram noturnos. A noite parece mais segura, mas tem dificuldades. O dia indica insegurança, mas oferece facilidades. Eu acabava de fazer um trabalho diurno porque as facilidades do dia valiam mais do que a insegurança causada pela luz do sol. Aliás, a única possibilidade era de dia porque aquele era um alvo diurno. Certos alvos desaparecem à noite, como eu estava desaparecendo.

As noites são difíceis. As luzes não conseguem iluminar tudo e, por isso, à noite o mundo fica menor, mais apertado. Tentei puxar da memória de onde eu tirei tal coisa, lírico assim deveria ter sido de algum livro, um daqueles que eu carregava na pasta para o colégio, a voz que ficou gravada na minha memória talvez tenha sido a da professora. Não era a primeira vez que eu pensava sobre como as noites são difíceis.

Chamar de lírico e lembrar da professora, essas duas coisas me apareciam sempre assim, juntas, e eu achava que isso também era lírico. Talvez nem fosse lírico, juntar a noite e a professora, somente isso, nada muito lírico, quem sabe até meio bruto, apertado que nem a noite.

O desembarque na cidade, chegando de trem, havia sido à noite, depois de uma viagem com baldeações noturnas. O embarque para ir embora de ônibus também à noite, com baldeações sem a luz do sol, sem a claridade metida a facilitar retratos falados.

Entrei na cidade cheia de sombras, mais sombras do que na noite do desembarque. Dei um corte no assunto, poderia se transformar em desatino, as sombras daquela noite eram as mesmas da noite anterior, pensar o contrário chegava perto de desatino. Lirismo, desatino, eu não estava gostando.

Passei a me entreter com o horário do ônibus, eu não havia me preocupado com isso, se eu me atrasasse teria que esperar o ônibus do fim da madrugada, não era o ideal, mas servia como alternativa. Esse foi o assunto que eu usei para ir gastando o tempo, tudo andou tão bem que, quando reparei, já estava pisando na escada do ônibus.

Tudo deixou de andar tão bem quando eu caminhava pelo corredor do ônibus e a mulher que colocava a bolsa no bagageiro acima das poltronas me olhou diretamente nos olhos. O que me causou espanto foi a semelhança dela com o retrato falado da professora de lirismo. Não era a mesma pessoa, eu teria reconhecido se fosse a professora, podem passar anos e anos e se um dia o acaso largar a professora na minha frente eu a reconhecerei no mesmo instante. Ela não me reconheceria, disso eu sabia, mas aquela mulher no corredor do ônibus me reconheceria algum dia mais adiante?

Do retrato falado da professora passei para o meu próprio. O olhar da mulher foi casual ou havia alguma intenção? Antes de me sentar no fundo do ônibus, que é onde ficam os acuados, me virei para olhar a mulher, ela estava sentada olhando pela janela. O ônibus saiu e a cada instante eu me levantava para olhar a mulher, a poltrona no lado dela estava vazia, se eu tivesse que tomar alguma decisão mais difícil eu poderia me sentar lá. Com as luzes internas apagadas eu era obrigado a me levantar, dar alguns passos pelo corredor para observar a mulher.

Me senti um pouco menos acuado quando vi que a mulher havia fechado a cortina, encostado a cabeça entre o encosto da poltrona e a janela, estava aparentemente dormindo. Menos acuado mas cada vez mais certo de que as noites são difíceis. No trem havia sido a mesma coisa, passageiros com ares de curiosidade me incomodando, o velho que me perguntou as horas duas vezes, o menino que veio me dizer que a mãe havia prometido um doce, o funcionário da estrada de ferro a todo instante pedindo para picotar os bilhetes, foi também uma noite difícil, mas nada comparado com o acontecimento do ônibus, o olhar diretamente nos olhos.

Acordei com um susto, provavelmente o motorista fez alguma manobra brusca ou não percebeu um buraco, alguma coisa me acordou. Ainda bem, dormir era perigoso, eu tinha que permanecer acordado para não perder a cidade na qual eu faria baldeação. Olhei assustado para fora, escuridão absoluta, e se o ônibus tivesse entrado na cidade enquanto eu dormia? Me levantei para olhar a mulher, o lugar estava vazio.

Nunca naquela viagem eu me senti tão acuado como no momento em que imaginei o ônibus chegando na cidade durante o meu sono e a mulher desembarcando. Me aproximei mais para ter certeza de que não havia sido enganado pela escuridão. A mulher havia aproveitado a poltrona vazia ao lado para se deitar, dormia encolhida com uma manta sobre o corpo.

Vi sinais de luzes, o ônibus diminuiu a velocidade, estava entrando na cidade. Ao desembarcar eu não estava pensando nos detalhes da baldeação, naquele instante eu começava a acreditar que aquela mulher havia sido minha professora.

Comprei um sanduíche de queijo, duas bananas e uma garrafa com água. Era só o que havia, além de cerveja, aguardente e cigarros, no único lugar aberto de madrugada na estação rodoviária. Os bolinhos de carne tinham acabado, doce não restou um, a mulher que cuidava do lugar me contou, disse que um homem com cabelo ralo, nariz grande, barba por fazer, óculos com aro preto, um dente da frente estragado, o homem comprou os últimos quatro sonhos de nata, ela me falou como maneira de pedir desculpas pela falta de doces.

A mulher olhava para mim, nem percebeu que separei uma nota de dinheiro de um maço cuidadosamente preso por um elástico, aquilo me preocupou, eu sempre usava o maço de notas para desviar a atenção dos outros, mas falhou para os olhos da mulher. Pedi para ela um saco de papel, enfiei o sanduíche e as bananas, disse que ia comer no ônibus, paguei e saí apressado.

Gente com pressa numa estação rodoviária não causa estranheza, mas a minha pressa não era pelo horário do ônibus. Era pressa para sair da frente da mulher, talvez eu estivesse levando o último sanduíche de queijo, últimas bananas não eram, havia uma penca pendurada na entrada, mas sei lá se o meu sanduíche de queijo não era o último, sim, alguém poderia pedir um sanduíche de queijo depois que levei o último.

Mal o ônibus arrancou e já me veio a fome, comi o sanduíche, serviu para me mostrar que eu nem me lembrava de quando havia sido a última refeição. Bebi metade da água, comi uma banana, não estava bem madura. Me lembro que deixei no ônibus o saco de papel com o que sobrou, eu sempre me lembro que abandonei o saco de papel sobre a poltrona, era o jeito como eu me incomodava com coisa sem importância para não me lembrar de alguma coisa que tinha importância.

No balanço da viagem, em vez de remoer os problemas, selecionei os detalhes bons. Consegui fazer a viagem inteira sem nenhum passageiro ao meu lado, trens e ônibus em certos horários viajam com pouca gente. A poltrona solitária que fica na frente da porta do banheiro de alguns ônibus, essa eu nunca uso porque passa gente por ali a todo instante, eu não gosto.

Viajar sozinho o acaso ajuda, mas nem sempre. Existem maneiras de conseguir, até esperar outro ônibus com poucos passageiros. Quando não dá para fazer isso porque a pontualidade não permite, tenho solução mesmo para o ônibus lotado, eu encontrei a saída numa viagem que prometia complicação. O sujeito sentado no meu lado, eu olhei uma vez para ele, balancei a cabeça como se estivesse cumprimentando, virei para o lado oposto, escondi o meu rosto, fingi a viagem inteira que estava dormindo. Cheguei mesmo a cochilar, o que pode ser um descuido porque não sei o que o sujeito fez durante aquele tempo. No dia em que eu fingi que dormia, depois do cochilo eu virei para o lado e vi o vizinho dormindo. Tinha sido descuido sem consequência.

Fiz o balanço no último trecho da viagem, misturando com a boa notícia de estar perto de casa. A última coisa do balanço foi tratar de esquecer do homem com cabelo ralo, nariz grande, barba por fazer, óculos com aro preto, um dente da frente estragado, ele comprou os últimos quatro sonhos de nata da mulher no único lugar aberto da rodoviária onde fiz uma baldeação.

Tratei de esquecer, havia sido no meio do caminho, um ponto no mapa falso dos meus movimentos, não vi possibilidade de algum curioso aparecer por lá atrás do retrato falado do sujeito que comprou um sanduíche de queijo, duas bananas e uma garrafa com água.

Fora um cochilo desagradável num dos ônibus, não dormi na viagem de volta, estar imóvel na poltrona foi o suficiente para me recuperar das longas caminhadas. Tanto descansei que, no fim da viagem, antes de retornar para casa, eu tinha forças para perambular pela cidade. Havia pressa em voltar para casa, sim, mas era importante um roteiro mais ou menos longo pelas ruas, uma caminhada em linha curva até a minha casa para cumprir exigências criadas pelas minhas ideias a respeito de limpeza, sim, limpeza.

A intenção não era criar outro mapa falso, mesmo que de qualquer maneira estivesse desenhando traços que indicariam um caminho sem relação com os acontecimentos das últimas horas. Sim, um mapa indicando caminho de extravio, mas ao mesmo tempo executando uma ideia sobre limpeza, e mais uma vez duas serventias para uma única ação.

A minha casa tinha poucos móveis, havia nela mais espaços vazios do que ocupados e me remetia a uma lembrança muito antiga quando pela primeira vez vi a fotografia de um deserto, que impressionante imagem de limpeza eu enxerguei na fotografia, ela ficou sendo a minha página favorita do livro de geografia. Começou ali o meu gosto pela limpeza expressa pelos vazios, ideia que levei para dentro de casa.

A caminhada pela cidade antes de entrar em casa era provocada pelas ideias a respeito de desertos, a necessidade de retornar somente quando estivesse num ponto de limpeza que correspondesse à limpeza do cenário que me receberia. Era esta a minha ideia, a ideia de limpeza através da conquista de desertos.

Não, não era o caso de procurar um local com banhos públicos, eu buscava outra limpeza, eu não estava atrás de um lugar como os chuveiros oferecidos na estação rodoviária. Passei diante de um quando desembarquei, olhei para a placa com o preço dos banhos, segui sem parar, somente um olhar, foi pouca coisa, mas suficiente quem sabe para me fazer lembrar do cenário de limpeza da minha casa, pode ter sido lá que a lembrança me ocorreu, sim.

As providências em relação à limpeza correta para entrar no cenário da minha casa eram tomadas na rua, apenas andando. Uma sensação agradável me invadia enquanto eu andava sem rumo, virando à direita e à esquerda por impulso, sem qualquer planejamento, eu não estava nem ao menos tomando um caminho curvo para chegar em casa, eu ia sem qualquer bússola.

Era assim, me perdendo por ignorar onde ficava o norte, que a sensação agradável me invadia. Quanto mais eu andava, mais leveza tomava conta de mim, uma leveza representada pelo sentimento de perder peso, não o peso físico apontado com números pela balança, esse não, era outro peso. Eu ia extraviando e deixando de rastro todas as impurezas que eu não deveria carregar para dentro de casa.

Eu não sabia quanto tempo já durava a caminhada, perambular com aquele propósito não permitia medir o tempo, não tinha relação com o tempo, mas havia uma consequência. O sentimento de leveza era a calma que chama o sono, um sono bom, não o sono provocado pelo cansaço, o corpo pesado e ruindo, não. Era o corpo leve, predisposto a dormir flutuando um palmo acima da cama.

Foi a ideia de flutuar que me fez sentir um sono muito grande, de repente, um sono súbito e imenso, pensei que não conseguiria chegar em casa.

Nunca havia acontecido algo semelhante comigo, por pouco não peguei no sono enquanto caminhava na rua, não deve ter acontecido algo semelhante com ninguém. Andar, dormir, continuar andando. É o sujeito que inicia os seus movimentos de sonâmbulo ainda acordado. Só não aconteceu porque o choque foi tão grande que eu acordei antes de pegar no sono, ou um acontecimento tão incompreensível como esse.

Não sei exatamente o que ocorreu, desconheço, a única lembrança é vaga, tão vaga como dizer que eu quase peguei no sono enquanto caminhava na rua. Não, não era uma súbita perda dos sentidos, como um fechar de olhos, a luz apagar de repente, não, não havia sido. A lembrança era vaga, mas eu tinha certeza, eu quase peguei no sono andando na rua.

Eu ia por uma calçada onde muitas pessoas caminhavam, havia movimento nas lojas, a rua com o tráfego de carros e ônibus, primeiras horas da manhã, dia claro, eu havia desembarcado na estação rodoviária quando restava muito pouco da madrugada. Foi nessa situação que a leveza me transportou para o torpor, o torpor para um princípio de perda dos sentidos, eu estava na iminência de dormir de pé andando na rua.

Houve um segundo em que tudo aconteceu, que eu quase peguei no sono, sempre tento me lembrar o que aconteceu com as minhas pernas naquele momento, uma hesitação nos passos, se tropecei no vazio, talvez eu tenha cambaleado, a única certeza era de que eu estava pronto para dormir. Com a impressão de que se tratava de um sono bom, tão bom que não esperou que eu chegasse em casa, que não precisava de cama ou poltrona, tão bom que poderia ser mesmo andando na rua.

Foi o máximo de leveza que eu conquistei. Eu já havia vivido outros momentos bons, mas nunca igual àquele. O choque que eu levei era consequência disso, leveza extrema. Um dia eu bebi três litros de água sem parar, era tamanha leveza que eu fui possuído por uma sede impressionante, possuído, sim.

O dia da falta de sono também foi de uma grande leveza. Quando falo dia, quero dizer dois dias. Tanta leveza que fiquei acordado durante dois dias inteiros, noite e dia, ouvindo rádio. Mas nunca vou comparar com o dia em que quase dormi enquanto andava na rua.

Daquele dia ficam perguntas. Foi melhor assim, o sono ter chegado juntamente com o sobressalto que não me deixou dormir? Ou ter dormido era o melhor? Se eu tivesse dormido talvez não restasse muito que contar porque perderia durante o sono os instantes mais importantes do acontecimento. Ou teria acordado quando batesse com a cabeça no chão? Não, felizmente não foi assim, penso no sofrimento de ser socorrido na rua pelas pessoas que estavam passando por ali como se fosse uma manhã igual às outras. Uma ambulância então, imenso pesadelo sem ter dormido.

Depois andei com cuidado para não sofrer mais a mesma leveza, represei a leveza, fui carregando a leveza para a minha casa, lá eu poderia flutuar à vontade, sem plateia, e se batesse a cabeça no chão não teria que suportar o socorro de estranhos, o incômodo da sirene de uma ambulância, a dor dos pontos de um médico costurando a minha cabeça. Coisas assim eu preferia sonhar e não viver. Fui para casa dormir.

Quatro homens estavam de pé conversando na esquina por onde eu me dirigia para atravessar a rua, um deles deu três passos para trás e forneceu a imagem que me auxiliaria a fazer uma definição. Quando observei o homem recuando do círculo, eu defini. Dormir é afastar-se.

Aumentei a velocidade dos passos, quase comecei a correr, eu precisava chegar logo em casa, não porque estivesse sentindo muito sono, mas porque precisava me afastar.

Passei pelo grupo de homens na esquina, cruzei pelo espaço entre o que se afastou e os três que restaram no círculo. Eu não havia passado por dentro do círculo, eu fui pelo espaço aberto pelo homem que se afastou, mas acabei dentro do círculo durante um segundo porque o homem havia se afastado para fazer um gesto largo com os braços abertos.

Ele não havia recuado para afastar-se, mas para fazer um gesto, ele precisava de mais espaço no palco, o que não invalidou a imagem que me permitiu a definição. Mas ficou também a impressão que eu costumo ter das pessoas que usam o teatro para chamar a atenção ou para ocupar mais espaço, ou as duas coisas. Elas também tinham duas serventias para uma única ação, mas eu não gostava daquelas pessoas.

Passei por dentro do círculo sem premeditar, invadi o palco daquele homem, mas foi tudo muito rápido porque eu estava me afastando de qualquer possibilidade de palco. Atravessei a esquina para desaparecer por algumas ruas estreitas que dariam em largas avenidas, mas antes das ruas espaçosas eu viraria à direita e à esquerda para continuar por ruas muito estreitas que chegavam no meu endereço, também numa rua muito estreita.

Gostar de ruas estreitas tinha dupla serventia. Além de me agradar como cenário, era o melhor que poderia existir para trabalhar. Com prédios nos dois lados, a rua estreita tem mais sombras, pode com mais facilidade ficar mesmo totalmente tomada pela sombra. Eu estava retornando de um trabalho feito ao sol, mas a ida e a volta durante a noite. Eu tinha acabado de sentir a diferença entre luz e escuridão, de como eu precisava de sombra para trabalhar. Fiquei mesmo de pensar depois se não deveria mudar a definição. Dormir é entrar na sombra. Mas acho que alguém já disse algo parecido com isso, ou sonhei com alguém dizendo isso.

Olhei para trás quando acabei de atravessar a rua, o homem que havia recuado já estava de volta ao círculo. Olhei para a frente, e pensei que por pouco o gesto do homem não me atingiu. Eu estava passando entre ele e os outros três quando ele abriu os braços, uma das mãos poderia ter batido em mim, ou um braço. Felizmente não aconteceu, eu não gostaria de ser parado na rua por um homem com um pedido de desculpas.

O homem me segurando pelo braço e pedindo que eu o perdoasse pela agressão, não, eu poderia aproveitar a proximidade do braço dele para um golpe simples e rápido, empurrá-lo. Em vez da aproximação, o afastamento, eu o faria se distanciar de mim na direção do solo. Ele que se preocupasse com o socorro de estranhos, o incômodo da sirena de uma ambulância, a dor dos pontos de um médico costurando a cabeça.

Um incidente na rua não teria relação com os acontecimentos das últimas horas, não interferiria no resultado do meu trabalho, mas serviria para me aborrecer. Como eu fiquei realmente aborrecido, pensei que de fato aconteceu um incidente na rua.

Olhei para trás buscando o grupo de homens que conversava na beira da calçada, mas eu já havia dobrado a esquina e não tive mais qualquer visão do homem que ficou me devendo um pedido de desculpas.

A aparência de normalidade que as pessoas exibem nas ruas é impostora, por trás da máscara são todos estranhos. Pensava em usar a palavra anormal no lugar de estranho, mas anormal era uma palavra inadequada para aquela mulher que caminhava na minha frente abraçando um pacote de onde saíam as pontas de uns pães, a mulher era apenas estranha, e numa graduação bastante baixa.

O homem na esquina que quase me agrediu com um gesto teatral, aquele era estranho numa graduação alta, ele rondava a palavra anormal. Se eu tivesse ouvido alguma coisa do que diziam no círculo na esquina que remetesse ao assunto da conversa, sim, sabendo do que falavam, eu poderia graduar o homem com mais precisão.

Qualquer pessoa é estranha para mim, essa é a verdade, e essa é a prova de que eu estou fazendo tudo certo. Eu busquei que todos parecessem estranhos, e consegui. Assim, lidando com estranhos, tenho a frieza necessária para continuar fazendo tudo certo.

Transformar o comportamento dos outros em estranhos, pois um dia alguém vai dizer que é uma arte, mas espero que o futuro classifique de arte praticada por desconhecidos, que é aquilo que eu sou e pretendo continuar sendo.

Existe uma relação de estranho com desconhecido, com misterioso, com a máscara, mas não se trata de uma história de heróis mascarados, misteriosos, desconhecidos, estranhos, não. Podem até ter sido heróis, mas heróis que fracassaram. Ou que são heróis por muito pouco, ou pensam e estão convencidos de que são heróis, ou acreditam que basta colocar a máscara para virar herói.

A mulher na estação rodoviária, quando conta que vendeu todos os sonhos de nata, acredita que está contando uma história de heroísmo. O homem com gestos teatrais na esquina, ora, ele necessitava de mais espaço para narrar um heroísmo qualquer do qual ele foi o autor na noite passada. Abriu os braços para mostrar o tamanho do heroísmo. A mulher dos sonhos de nata e o homem que pescou um heroísmo do tamanho dos braços abertos, sim, cogitam sair à noite usando máscara como convém aos heróis desconhecidos, expondo a graduação deles, ambos a um palmo da anormalidade. Avançando esse palmo assim que têm a ideia de tirar a máscara para aproveitar melhor as glórias do heroísmo.

O motorista do ônibus e o maquinista do trem, eles no meio da noite imaginam que estão seguros porque todos os passageiros dormem e então colocam máscaras e são os heróis desconhecidos que levam o ônibus e o trem até a estação. Eles são estranhos porque decidiram ser estranhos, isso eu sempre entendi porque eu sou assim, eu sou aquilo que eu decidi ser.

Nas ruas estreitas, as sombras são a minha máscara, admito, mas o maquinista não necessita de máscara para o trabalho dele, eu preciso para o meu. Sim, somos ambos estranhos, mas estranhos de maneiras diferentes.

A minha condição de estranho é diferente de muita gente, de toda gente, o mundo é grande, eu sei, mas eu digo que sou estranho diferente de todo mundo. Eu não sou estranho como o homem dos gestos na esquina, como a mulher dos sonhos de nata, ou a outra carregando pães, como motoristas, maquinistas, não sou estranho como o locutor de rádio nem sou estranho da mesma maneira como o carteiro é estranho.

O carteiro parece normal, mas é muito estranha a profissão do sujeito que entrega cartas que não escreveu.

Perto de casa, dobrando a penúltima esquina, veio a ideia de ser um sujeito que ao entrar em casa encontra correspondência empurrada por baixo da porta. Cartas, folhetos com propaganda, contas, avisos, enganos.

Cartas podem ser enganos como ligações telefônicas, é assim que eu imagino cartas pela fresta embaixo da porta, como o toque do telefone, a pergunta por uma pessoa que não mora ali, o pedido de desculpas pelo engano. A maioria das vezes apenas desligando o telefone sem pedir desculpas, ou fazendo com a boca um ruído qualquer de desapontamento pelo engano, ou um palavrão, ruído ou palavrão significando desculpas. É assim que eu imagino cartas pela fresta embaixo da minha porta.

Ao abrir a porta, o gesto maquinal de baixar os olhos, esse eu não faço, não conto com a visita do carteiro. Mas se houve engano vou saber quando entrar em casa pisando sobre o engano. Meu pé me avisará se chegou correspondência, esquerdo ou direito, ambos estão preparados para comunicar algo estranho sobre o piso da sala logo após a porta de entrada da minha casa, sem necessidade de baixar os olhos.

Eu teria sido encontrado por um carteiro? Por um remetente? Ambos podem ter cometido um engano, o remetente trocou um número e levou o carteiro a passar a carta por baixo da minha porta.

Ou o carteiro olhou desatento para o envelope e confundiu alguma informação, completando o engano por baixo da porta.

Com os enganos telefônicos há algum desconforto, o incômodo, a chateação pela falta de um pedido de desculpas ou pelas desculpas de forma inadequada, o que não acontece nos enganos do carteiro ou do remetente. Uma carta em endereço errado deve ser devolvida ao carteiro para que ele a encaminhe para o destinatário correto, mas o caminho dela pode ser outro. As cartas são feitas de papel, basta rasgar para sumir com uma carta. Ou atear fogo, como eu faço com documentos que devem desaparecer. Se encontrasse naquele dia uma carta ao entrar em casa, eu ainda não havia decidido qual seria o destino do engano.

Dobrando a última esquina, verifiquei a chave da porta no bolso esquerdo do paletó, peso insuficiente para manter o equilíbrio com o conteúdo do bolso direito. Pensava em equilíbrio quando de relance percebi a cor da camisa que passou por mim, a cor do uniforme dos carteiros. O acaso estaria fazendo aquilo comigo? Não olhei para trás para ter certeza, escolhi ficar com a incerteza de ser camisa da mesma cor, mas sem a marca do serviço postal.

Entrei em casa, os pés não registraram qualquer anormalidade no piso da sala logo após a porta, o telefone mudo sobre a mesinha ao lado do móvel de prateleiras, encontrei a casa como eu a havia deixado. Tirei o paletó sem esvaziar o bolso direito, havia um cabide na parede atrás da mesinha do telefone, servia para pendurar o paletó e, ao mesmo tempo, dupla serventia, como lugar onde eu encontraria proteção no bolso direito em alguma necessidade inesperada, urgente como no caso de ser encontrado por um carteiro enganado.

Liguei o rádio na sala, entrei no quarto deixando a porta aberta, dormir com o rádio ligado, que prazer.

* * *

Os tomates eu escolhia no tato, mas não apenas com os dedos, era a mão inteira para sentir também na palma. Eu não olhava para as mãos cheias de tomate, tudo ficava por conta do toque porque eu não tinha tempo de baixar os olhos, eu deveria estar atento para verificar qualquer curiosidade a meu respeito no aglomerado de gente em minha volta diante das barracas da feira livre.

Muita gente na feira livre era melhor do que uma única pessoa me atendendo numa casa de frutas e verduras, um homem me fazendo perguntas enquanto empacotava os tomates, uma mulher me encarando para nunca mais esquecer dos traços do meu rosto e contar que eu comprei a última meia dúzia de tomates. Tanta gente na feira livre, não havia tempo para assunto fiado.

Não era sempre que lugar lotado de gente me agradava mais do que desertos. Não tinha uma regra geral para isso, tudo dependia das circunstâncias, do que eu estava fazendo. Comprar tomates era uma situação, mas se fosse para trabalhar, mudava tudo.

Eu fazia compras, a despensa exigia. Eu me conformava com algumas obrigações que não me agradavam, como o caso da feira livre. Era cansativo, sem contar o incômodo com a falta de limpeza. As minhas compras eu lavava rigorosamente, mas não podia fazer coisa alguma contra o chão imundo, o suor daquela gente se espremendo, as notas de dinheiro de mão em mão, as mesmas mãos sobre os tomates.

O movimento de mãos diante da barraca era simples, mão apanhando tomates, mão empacotando tomates, mão entregando dinheiro, mão recebendo o troco, não havia espaço para aperto de mão. Sim, não havia, mas saber que não significava também cogitar uma exceção. Se o homem da barraca dos tomates me entregasse o troco com a mão esquerda e oferecesse a direita para um cumprimento, eu não saberia o que fazer. Minha mão acostumada a identificar tomates, a mesma de trabalhar, eu não saberia o que fazer. Baixar os olhos para a sujeira do chão, essa era uma ideia para escapar da incômoda mão do homem.

Tudo tão rápido na feira que causava impaciência se eu demorasse para separar uma nota do maço de dinheiro cuidadosamente preso por um elástico. Para a feira livre eu levava notas soltas. Sim, aquele dia em que carreguei uma nota solta no bolso direito do paletó, não tendo visto necessidade de esvaziar o bolso ao sair de casa, que susto levei quando reagi como se estivesse trabalhando, sobressalto por não me ocorrer no pequeno pedaço de tempo do susto que eu estava fazendo compras na feira livre.

Olhar para o chão nos dias de chuva eram uma experiência incômoda, a sujeira habitual ficava envolvida por uma boa quantidade de lama. Eu erguia os braços para segurar o pacote, um gesto que veio naturalmente, erguer os tomates para afastá-los do chão imundo, o que havia passado a ser meu deveria se distanciar da sujeira, esse era o gesto natural, e eu entendia.

Somos obrigados a fazer coisas que não nos agradam, isto é uma constatação que serve para todos, e para mim também. Quando era obrigado a contrariar a minha vontade, eu tinha uma forma de aceitar aquilo. Eu me convenci que se tratava de uma maneira de expiação, porque todo mundo tem alguma coisa para expiar, mesmo sem necessidade de fazer uma lista ou dizer que hoje eu expiei isso, amanhã na feira expiarei aquilo.

Quando entrava na feira me passava pela cabeça sempre a mesma ideia, a de que eu estava procurando aborrecimento. Coisa rápida, logo eu me convencia que o aborrecimento expiava alguma coisa que eu mesmo desconhecia, ficava mais leve e ia até meio alegre na direção dos tomates, sentindo que aquilo significava mais do que fazer compras na feira, era aproveitar a sujeira para me livrar de alguma impureza.

Se me pedissem, se fosse possível pedir que eu contasse uma história, seria a história da feira livre, que a multidão impessoal me agradava, que a falta de limpeza era útil, que eu abandonava pegadas na sujeira do chão. Que eu carregava tomates impuros para lavar em casa em troca daquilo que eu deixava ali sem lavar.

Quem me pediria uma história? O moço com um gravador e um microfone procurando algum tipo de realidade na feira livre, o moço da rádio, do programa com as histórias de sujeitos que ninguém sabia que tinham histórias. Ou a moça da rádio implorando pela minha história porque o programa precisa de seis histórias todo dia, a moça tinha somente cinco.

Depois a moça me perguntaria se a história era verdadeira, eu responderia com uma pergunta. Verdadeira? Faria um pequeno silêncio e completaria com outra pergunta. Por que perguntar se uma história é verdadeira? E reformularia a pergunta para reforçá-la. Para que saber se uma história é verdadeira? Mas acho que não seria assim, no pequeno silêncio depois da primeira pergunta, sim, o operador da rádio pensaria que era o fim da história e colocaria no ar o anúncio de um supermercado. Ele teria me cortado antes que eu falasse sobre história verdadeira, e antes que eu dissesse que mentira é outra história.

Da mesma maneira que as histórias, também são dois os tipos de nomes de gente, os verdadeiros e os falsos. Haveria uma terceira categoria, a dos inominados, mas a ausência de nome não passa de uma forma de nome falso, só que sem esconder.

Ela tinha um nome, mas eu ignorava, faria um grande esforço para não me lembrar se ela me falasse o nome, mesmo que fosse falso, não gostaria de carregar na memória um nome que volta e meia aflorasse, ou que me fizesse cometer o ato grotesco de pronunciá-lo enquanto dormia. Ninguém ouviria, sim, mas que desagradável ser acordado pela minha própria voz pronunciando aquele nome.

Nenhuma delas era inominada, e eu tratei de esquecer os nomes que me foram ditos, alguns nem chegaram a ser pronunciados, o que era o melhor de tudo. Mas às vezes não adiantava pedir que não me comunicassem o nome, elas iam logo dizendo, me chamo fulana. Tinham que inventar e dizer um nome, não entendiam que a ausência de nome era o comportamento mais adequado naquela situação, não percebiam que esconder o nome tinha mais limpeza do que dizer um nome falso.

O mais difícil era esquecer os rostos. No momento em que eu pensava em rosto, virei a cabeça para o lado, retirei os meus olhos da direção do rosto da mulher, fixei o olhar no travesseiro vazio ao lado dela. Eu não me importava de lembrar outras partes do corpo, o rosto eu queria esquecer o pouco que vi, porque rosto e nome são formas de reconhecimento e quando juntos avivam a memória, que começa imediatamente a contar uma história.

Eu não fugiria da lembrança de uma pinta negra entre os seios, e disso eu me lembrava porque já havia ocorrido duas vezes, mas eu não armazenei qualquer informação que me fizesse recordar do rosto ou do nome das duas mulheres com pinta negra entre os seios, ou se havia sido um jogo do acaso, não foram duas, mas a mesma mulher duas vezes.

Assim estava perfeito, eu desviava a minha atenção com eficiência, e continuei. Procurei entre os seios dela se havia uma pinta negra, não, não havia, o que eu já sabia porque era a segunda vez naquela noite que eu desviava a minha atenção do rosto dela.

Eu olhava para um travesseiro vazio, escondia de mim o rosto dela, mas eu não protegia o meu rosto. Sim, a mulher estava diante dele, olhando quando quisesse, recolhendo os traços que interessassem para lembrar de mim. Ela iria embora levando o meu retrato falado, o mais completo que alguém conseguiria fazer, mas alguma delas pretendia carregar o meu retrato falado?

Sem qualquer utilidade para ele, não perderiam tempo coletando informações, não havia motivo para sair dali dizendo que um sujeito assim e assim beijou a pinta negra entre os seios. Mas e se uma delas tivesse recolhido algum traço do meu rosto exatamente para quando contasse do beijo oferecesse também o retrato falado? Qual a utilidade do retrato falado do sujeito que beijou a pinta negra entre os seios, qual? Com mais uma pergunta, o sujeito e a pinta negra eram verdadeiros ou falsos?

A verdade era um travesseiro vazio, inventei com um sorriso e sem medo de estar cometendo um desatino. Então encarei a verdade branca, limpa, incapaz de registros na memória, portanto silenciosa. Me virei e depositei a cabeça na mudez do travesseiro, deitado de costas vi o rosto da mulher se aproximar do meu, mas as tantas e tão rápidas mudanças de expressão nos dois rostos tornaram impossível a qualquer um de nós guardar alguma coisa do outro.

Um sujeito que optou pela mudez, pela falta de nomes ou, se não houver outra alternativa, nomes falsos, usuário de biombos que na chuva não se protege da água, usa o guarda-chuva para esconder o rosto, que julga a sombra excesso de luz, para quem o verdadeiro caminhar é esgueirar-se, que maneja as contradições como escudo, e confunde, embaralha para melhor esgueirar-se, para não se molhar, pinta paisagens sem gente, preferência pela parede com natureza-morta, gosto maior pela parede nua, mais ainda, pela ausência de parede como jeito de aumentar o espaço vazio.

Este sujeito contraditório, quando usa a parede para esgueirar-se, muitas vezes pensa a seu próprio respeito e tira uma conclusão bem simples. Eu não planejo embaralhar coisa alguma, eu é que me confundo, me atrapalho, eu sou assim e não é pela minha vontade, eu causo isso para mim mesmo, mas eu não tenho medo de mim, isso não, o que eu faço comigo não causa medo, não, e inicio um sorriso debochando de mim mesmo.

Medo de mim, sim, eu poderia ter, chego a pensar que seria não apenas possível mas também curioso, porém não digo necessário, não. A palavra medo não é a melhor, temor tem algumas características que se encaixam no meu caso. Temor, sim, temor a mim, penso na expressão, pronuncio em voz alta, temor a mim, o som é bom, e vem um sentimento que me provoca curiosidade, temor a mim.

Mas qual é o momento mais adequado para sentir temor a mim? Faço a pergunta bem devagar para que eu tenha tempo de encontrar a resposta. O que provoca temor é a face, eu penso, temor a isso e aquilo vem da face disso e daquilo, tento imaginar meu rosto no espelho, não há registro na memória além de névoa, e névoa não causa temor.

Rosto é o que provoca temor, por isso não gosto de registrar rostos na memória, o meu mesmo diante do espelho costuma me criar embaraço, coisas assim me confundem. Do rosto dos outros, mas vale para o meu também, evito registros, do rosto dos outros recolho no máximo alguma névoa, não quero saber quem é o personagem, o que não significa que eu não conheça o papel do personagem.

Depois do banho com água quente, o espelho embaciado é perfeito para refletir rostos, ele me envolve na agradável névoa que faz ignorar cara e nome, duas serventias, e assim eu posso me dedicar totalmente ao meu papel, que é o que me interessa, porque eu sei que eu sou somente o meu papel, nada mais que isso, e o meu papel basta para mim.

Das mulheres, ignorar rosto e nome, saber o papel, essa era uma lembrança possível porque sem retrato. Numa das lembranças do papel de uma mulher, ela falava mais do que o habitual, mais do que eu estava acostumado a ouvir. O papel daquela mulher incluía a cena onde ela revelava o desejo de ouvir música. Melhor assim, quero ouvir música, muito melhor do que alguma outra fala, meu nome é fulana, por exemplo.

Eu sabia exatamente onde havia música na minha casa, mas não era a minha casa. Ela esticou o braço, mas a mão não chegou até o rádio, que eu não havia enxergado porque estava debaixo de um casaco sobre a mesa de cabeceira. Iniciei um movimento com o braço direito para ligar o rádio, mas interrompi, fiz de conta que o meu braço também não alcançava, achei melhor assim. Mas gostei de saber que ela tinha um rádio, gostei dela.

Eu não julgo os outros, mas sei muito bem quem são os outros. Pensei nisso olhando para a névoa no espelho do banheiro depois de uma chuveirada com água quente, de dupla serventia porque estabeleceu também o espelho ideal. Me vesti e fiz aquilo que acontece comigo quando penso nos outros, fui para a janela, os outros vivem lá fora, têm necessidade de caminhar na rua.

Olhar para os outros pela fresta da cortina, eles caminhavam nos dois lados da rua, estavam dentro de automóveis e ônibus. Os outros na rua em grande quantidade, a rua ficou com aparência de mais larga. Para resolver isso bastava encurtar a fresta da cortina, estreitei a rua, ficou estreita como eu queria que ela fosse, como ela era.

Escolhi um homem na rua, enxerguei o perfil dele, ignorei o rosto, gravei na memória as cores da roupa e a maneira de andar, roupas escuras, a calça mais escura do que a camisa, verde escuro, me pareceu àquela distância, mas não teria sido a primeira vez que eu confundia os tons escuros do verde com os tons escuros do azul.

O homem caminhava sem pressa, sem lentidão, sem irregularidade nos movimentos das pernas, eu poderia interpretar assim porque eu sei muito bem como são os outros. Ele estava disfarçando normalidade, mal disfarçada porque executava um andar curvado para a frente, de cabeça tão baixa que o chapéu poderia despencar. Se não quisesse chamar a atenção, deveria evitar que alguém ficasse esperando a queda do chapéu ou, como os outros acreditam possível, que alguém segurasse com os olhos para que ele não caísse.

A gravação das imagens na memória foi rápida porque o homem permaneceu pouco tempo na fresta da cortina. Mas o suficiente para que eu pudesse trabalhar com a imagem dele e dar ao personagem um papel. Aquele homem era um predador.

Continuei olhando para a rua, mas olhando apenas para os espaços vazios, eu não queria ver nada além da ausência do predador. Para pensar no predador ainda mais adequadamente, fui vestir o paletó. O homem talvez nunca mais passasse por aquela rua, quem sabe já havia deixado de ser predador, mas eu vesti o paletó, era apropriado estar de paletó em cenário onde houvesse um predador, ou apenas a suspeita da presença de um. Voltei para a janela, escolhi pontos vazios para olhar, gostaria que só coubessem pontos vazios na largura da fresta da cortina.

Qual era o papel do predador que havia acabado de passar pela rua? Não foi difícil imaginar algumas ações. Ele sujava o chão da casa com impurezas levadas da rua, destruía papel pelo prazer de rasgar, fazia ruídos com a boca e espargia perdigotos, era um descuidado que quebrava copos e pratos sem recolher os cacos, fazia ligações telefônicas para números escolhidos com os olhos fechados porque sentia prazer ao pronunciar a palavra engano e desligar abruptamente.

O predador abandonou no porão de casa um rádio com defeito.

Não consegui selecionar novos espaços vazios para continuar olhando, a rua estava cada vez mais cheia, começaram a entrar em cena outros personagens com o papel de predadores. E foram tantos predadores que fechei a cortina, saí da janela, passei o dia em casa sem tirar o paletó.

Fiz pouca coisa naquele dia, deixei para recolher no dia seguinte uns cacos de louça ou vidro que encontrei na sala sem me lembrar da origem deles. Eu vivo no mesmo mundo em que vivem os outros, mas os outros vivem no mesmo mundo em que eu vivo? Só perguntando para os outros.

Se os outros me causam transtornos, é fácil, fujo dos outros e dos transtornos deles, mas quando eu mesmo causo incômodos para mim, a fuga é uma operação emaranhada, sou obrigado a me contornar. Sim, emaranhado, mas somente na primeira vez, depois tudo se transforma em usos e costumes.

Como quando eu conto histórias para mim, contornei o incômodo de ter inventado tal coisa, saí do emaranhado através de um enredamento.

Na primeira vez em que contei uma história para mim não foi fácil, eu ainda não havia testado formas e maneiras, como as opções de voz, interna e externa, ou ambas revezadamente. Fui praticando modos e jeitos, meios e caminhos, métodos e sistemas, e acrescentando aos meus usos este costume de contar histórias para mim.

Quem conta histórias olhando para quem ouve, sim, estes no monólogo sem plateia acabam diante de um espelho. Experimentei diante do reflexo obscurecido pela névoa, afinal era necessário encontrar o uso adequado, e o espelho adequado para o meu uso era o enevoado. Foi uma experiência que me serviu apenas para contar a experiência, como tantas coisas na vida.

Mas logo eu procurando a mim como plateia, eu que prefiro me esgueirar, escapulir dos olhos alheios, por que transformaria os meus olhos em alheios? Ao contar histórias para mim, sim, a plateia era eu, portanto já havia plateia em demasia para os meus costumes, se eu também procurasse o meu rosto, que transtorno, porque promoveria a duplicação da plateia dos meus relatórios.

Relatório como aquele sobre o sujeito que contava histórias quando não conseguia dormir, sempre tão confiante no efeito que não se preocupava com o final, imaginando que os epílogos ocorreriam naturalmente durante o sonho. Ou aquele que contava histórias para o rádio, esperando ouvi-las de volta, mas principalmente porque no rádio não se mostra o rosto.

Então passava a ser necessário inventar histórias, outras e outras. Os mágicos devem descobrir novos números, os ilusionistas aumentam o repertório indo buscar truques em algum lugar, apesar do agrado que sempre causam a velha cartola e o velho coelho, o velho aquário debaixo do velho lenço, a velha carta de baralho atrás da velha orelha, o velho espectro aparecendo para o velho filho imerso em velhas dúvidas.

Era uma vez uma história que exigia uma informação da rua, eu fui buscá-la. Havia três homens conversando na esquina, eu me aproximei e pedi a informação com toda a simplicidade, como se estivesse perguntando onde fica a agência dos correios. Dupla serventia, além de poder acrescentar à história o endereço da agência dos correios, pude adicionar também a minha gesticulação no momento de pedir a informação. Os meus braços abertos no gesto largo para os três homens na esquina passaram a fazer parte da história.

A comédia exangue me mostrou que pode estar faltando alguma coisa nas comédias exangues, no drama cruento não adianta chorar depois que o vinho foi derramado, para os musicais basta ligar o rádio simultaneamente, as tragédias têm algumas exigências como um mal-entendido desvendado quando é tarde demais, mas muito cuidado com os melodramas, eles podem tirar o sono. Em qualquer caso, tenho certeza, existe espaço suficiente para um sujeito abrir os braços e gesticular exageradamente.

Ser, estar e contar, resumo da vida com trejeito de usos e costumes realmente inventados, de fato.

Um animal doméstico era o que de pior poderia acontecer para os meus usos e costumes, um cachorro a todo instante virando de barriga para cima pedindo afagos, quem sabe até tivesse alguma utilidade mas, não, um cão rodando os meus passos em casa seria um transtorno. Os latidos gerando sobressaltos, sim, o temor de cães durante o trabalho sendo reavivado várias vezes todos os dias dentro de casa, não.

Mas a hipótese de encontrar uma utilidade sempre existiu, não era coisa de todo dia ficar pensando que um animal doméstico tinha utilidade, que só me faltava descobrir que utilidade era. Não, toda hora, não, mas eu sabia que a descoberta da utilidade chegaria antes que o animal. Um cão contraguarda diante do sobressalto dos cães de guarda, mas eu estava inventando utilidade que o animal não tinha.

Depois que tudo aconteceu, de vez em quando inicio um sorriso ao me lembrar que pensando em animal doméstico era sempre um cachorro o bicho que me ocorria, que nunca me passou a ideia de outro animal. Quando me livrei do gato porque ele já tinha cumprido a utilidade dele, pensei no tempo gasto com a busca de utilidade para um cachorro, desconhecendo que eu precisaria da utilidade de um gato.

Me livrar do gato foi fácil, eu pensava que não. Coloquei o gato dentro de um saco de estopa, amarrei a boca do saco, larguei na porta do canil da cidade. Sim, do canil, era o único lugar destinado a animais que eu conhecia, e não tive dúvida que no canil saberiam o que fazer com o gato. Se a minha história com animais domésticos começou com a ideia de cão, nada a estranhar que o gato tenha terminado na porta de um canil.

Assim foi como eu me desfiz do gato, mas houve também como eu levei o gato para casa. Foi fácil, eu pensava que não. Eu já havia descoberto a utilidade de um animal doméstico e que ele deveria ser um gato. Fui para a rua imaginando alguma maneira de ter um gato, como capturar o bicho, quando um gato atravessou a rua na minha frente e parou muito perto de mim. Me abaixei, fiz um pequeno ruído com a boca, estiquei o braço na direção do gato, ele me olhou e se aproximou de mim, desconfiado, mas veio, foi só agarrá-lo pelo cangote, depois um abraço forte para que não escapasse. Voltei para casa pensando em como teria sido apanhar o animal se a utilidade fosse para um cachorro.

Um dia, muito tempo depois de me livrar do gato, me ocorreu que eu não sabia se o bicho era macho ou fêmea, o que não tinha importância, mas se fosse o caso de detalhar, eu poderia contar inventando que era macho ou fêmea, com a necessidade de ter o cuidado de, sempre que contasse, falar a mesma coisa, o que ia acabar sendo difícil para mim, sou atraído por contradições, tão atraído que se eu concluir que gosto disso não vou achar estranho.

A utilidade do gato apareceu no dia em que um ruído desconhecido passou pela sala, eu estava na cozinha perto da geladeira, olhei para a sala sem enxergar coisa alguma, fui até a sala, nada. O ruído aconteceu de novo no mesmo dia, mas eu estava na sala e vi a utilidade de um gato quando o roedor atravessou a sala correndo.

Não, a ideia da utilidade do gato só veio muitos dias depois, sim, eu estava me esquecendo dos dias e dias de inutilidade da ratoeira armada com queijo, o velho costume de esquecer o que não deu certo. A ideia de veneno nem foi cogitada, veneno é uma impureza que não entra na minha casa. Mas houve a ratoeira, sim, e sobrou queijo, naquela época eu não gostava de queijo, o queijo que sobrou eu dei para o gato.

A minha vida está dividida em quatro fases, quando eu detestava queijo, quando eu passei a admitir o queijo, quando eu só comia queijo e quando larguei o queijo porque eram os derivados do leite que alimentavam a criação de cálculos nos meus rins. Larguei, sim, mas sem o rigor que me impedisse de comer um sanduíche de queijo em viagem.

Mas posso também dividir a minha vida nas fases impura e pura, que têm como divisor o momento em que decidi fazer limpezas diárias na minha casa e quando, aconteceu ao mesmo tempo, abstraí todos os problemas que poderiam ser causados para mim se frequentasse a lavanderia de roupas, quase sempre apinhada de gente.

A questão do sono também permite uma divisão da minha vida em fases, quatro, virado para a direita, virado para a esquerda, de bruços e de peito para cima. Mas se considerar o gênero de sono, a divisão é outra, intercalando fases de sono quase infantil com épocas de insônia dramática, seja com o rosto para a direita, para a esquerda, para cima ou para baixo.

Ou uma vida em duas partes, quando eu inventava pouca coisa e quando eu inventava muita coisa, sem inventar não houve qualquer parte. Era um certo gosto pela mentira, admito, sim, mentira.

Na época de inventar muito, mesmo isso talvez fosse mentira, uma peça bem pregada, tão bem pregada que considerar peça era um perigo, poderia ser verdade. Essas são as mentiras bem pregadas, quando são verdade.

Atrapalhado e contraditório, isso não serve para dividir a minha vida, sempre fui todo o tempo as duas coisas ao mesmo tempo. Era rotina na minha profissão desenhar mapas falsos, e para isto nada como um sujeito atrapalhado e contraditório, natural ou premeditadamente, não importava, o que valia era o resultado, o mapa.

Uma vida com três fases, a primeira sem qualquer resultado, a segunda com modestos resultados e a terceira com extraordinários resultados. Se tornada pública, a terceira fase provocaria reações, eu tinha certeza que sim. Mas seria frivolidade minha sentir incômodo com a inveja descarregada na minha direção. Mas quem conseguiria despejar inveja sobre mim? O alvo da inveja esgueirava-se, não era visível.

Eu estava preparado para qualquer coisa, como eu havia escutado um dia na feira livre entre frutas e verduras, eu havia escutado, estou preparado para qualquer coisa. Ou como eu havia escutado na feira livre, na barraca dos queijos, eu estou preparado para o que der e vier. Mesmo com a segurança de ser um alvo invisível, com mapas falsos indicando tudo menos o norte, mesmo assim eu sempre estive atento para qualquer coisa, pronto para o que der e vier.

Não fosse eu um alvo invisível, estaria permanentemente exposto aos outros com suas palavras contraditórias e atrapalhadas, emaranhadas e enredadas. Porque se eu não fosse um alvo sem norte sempre haveria alguém para dizer coisas a meu respeito. Faz só para ter o que contar, alguém para dizer algo assim.

Ou a minha vida dividida em antes e depois da invenção do jogo de palitinhos. O acaso sempre me incomodou, portanto os jogos nunca me agradaram, menos uma vez, quando imaginei um jogo que não dependia do acaso.

Eu vi uma caixa de fósforos na cozinha ao lado do fogão e tive a ideia do jogo de palitinhos, a mão direita jogando contra a esquerda, eu escolheria uma delas para mim e a outra para um adversário inominado, um jogo sem acaso e, do meu ponto de vista de jogador, com a derrota abolida. Iniciei um sorriso por causa da invenção, mas não joguei, eu havia inventado um jogo onde não era necessário jogar para vencer.

Por fim, a minha vida dividida em duas grandes fases, a primeira quando eu não dividia a minha vida em fases e a segunda quando eu passei a fazer divisões.

Mas deixei de propósito para depois do fim a divisão que eu mais gosto, a minha vida antes e depois do rádio. Antes, improvável enxergá-la. Depois, impossível.

Um programa de rádio onde o locutor lia notícias melancólicas, eu colocava a cadeira diante da mesa do rádio, naqueles momentos a mesa mais importante da casa. Me sentava de lado com o ouvido esquerdo apontando na direção do alto-falante, mexia nos botões do rádio com a mão esquerda, para isso eu fazia um movimento com o corpo que aproximava o meu ouvido ainda mais do rádio, e eu acabava imóvel com o corpo virado e a mão parada no botão do volume ou da sintonia.

Entre uma notícia e outra, o locutor dava a hora certa e anúncios do supermercado, da loja de sapatos, da farmácia, toalhas de banho, geladeiras, bicicletas, curso de cabeleireiro, chocolates. A mesma impostação de voz nas notícias, na hora certa e nos anúncios.

Eu não aumentava o volume do rádio em demasia para não dividir com vizinhos curiosos, mas a vontade era de volume máximo. Ou deveria dividir com eles? Teriam descoberto alguma coisa, mas só se conseguissem sair ilesos do impacto da primeira notícia melancólica, se saíssem, sim, já na segunda estariam esfregando as mãos de satisfação.

Dividir ou não com os vizinhos foi dúvida de uma fase da minha vida. Na outra fase, sim, eu não tinha dúvida, muita gente ouvia o programa, mas não diria com certeza se era uma multidão ou apenas um número médio de ouvintes ou somente meia dúzia, cinco mais eu.

Imaginar, sim, a professora deitada na cama, as cobertas puxadas até o pescoço, o rádio na mesa de cabeceira sintonizado no programa de histórias melancólicas, e a professora acariciando por baixo das cobertas uma pinta negra entre os seios.

Um homem com cabelo ralo, nariz grande, barba por fazer, óculos com aro preto e dente da frente estragado, comendo sonho de nata, lambuzando com açúcar e nata o botão de sintonia do rádio, a mão no botão para não perder uma única palavra do locutor.

Aquele outro homem que ouvia o programa de pé diante do rádio, ele seguia a narração do locutor fazendo gestos com os braços, abrindo e fechando, gestos estreitos, médios e largos, e quando com os braços muito abertos, sim, quem estivesse perto seria atingindo na cena dos braços abrindo e fechando, seguindo o locutor como um acordeão acompanhando o cantor.

O motorista de táxi ouvindo rádio não percebeu gente na rua fazendo sinal, ele seguiu com o carro vazio, não enxergou que uma das pessoas fez o sinal com a mão esquerda porque com a direita segurava um rádio de pilha contra o ouvido, sim, mais uma vez tudo fácil de imaginar.

O homem gordo na portaria do hotel cometeu enganos ao registrar hóspedes porque dirigiu toda a atenção para o rádio, foi aumentar o volume, errou de botão, girou o botão de sintonia porque estava ao mesmo tempo falando com o hóspede, soltou um palavrão quando o programa sumiu do rádio, demorou para sintonizar novamente, então foi a vez do hóspede soltar um palavrão.

Era muito desagradável para mim, capaz mesmo de provocar um palavrão, quando havia trabalho no dia e hora do programa. Aconteceu e me causou problemas porque a minha atenção era insistentemente desviada para o rádio que eu não estava ouvindo. Trabalhar pensando no rádio era um risco enorme, mas eu conseguia trazer para mim algum problema bem próximo e ligado ao trabalho, me distraía sofrendo com esse problema e esquecia que estava perdendo o programa de rádio. Logo que a lembrança do rádio voltava para a minha cabeça, eu repetia a operação e tudo ia bem.

Praguejar nunca foi do meu feitio, mas cheguei muito perto de não segurar algumas imprecações, não me lembro do motivo, só me lembro que não foi por causa do programa de rádio em hora inadequada. Eu não sei quando aconteceu porque a maneira como eu quase praguejei era mais forte que a causa, sim, a imprecação eu não planejei para ser falada. Eu nunca vou esquecer que eu não pretendia abrir a boca e imprecar, não, eu ia escrever pragas num muro, estive muito perto de escrever pragas num muro, tão perto, dei meia-volta na porta da loja de tintas.

Mas não pensei em pragas no dia em que eu esqueci do horário do programa, confundi, misturei as horas, embaralhei o relógio, esqueci, não tinha certeza, o impossível havia acontecido, sabia o dia mas não me lembrava do horário do programa. Em vez do desespero, a solução mais simples do mundo, fiquei o dia inteiro de plantão, comecei à meia-noite, gastei o tempo treinando a mão esquerda. Avancei pela madrugada, fui pelo dia afora até o rádio emitir o inesquecível prefixo do programa de notícias melancólicas.

Você sabe o que é fuso horário?, perguntou o locutor, depois de falar de toalhas de banho, remédios e bicicletas. Eu aproximei o ouvido do rádio, estava começando uma notícia.

O locutor disse que o mundo é dividido em vinte e quatro faixas e cada uma tem hora diferente. Por isso alguma coisa pode acontecer no mesmo horário, mas em faixas diferentes, portanto não no mesmo momento. Ou, pelo contrário, em horas diferentes, por exemplo um acontecimento numa hora da noite e o outro numa hora do dia, mas ambos ocorridos no mesmo instante. É por causa disso, disse o locutor, que alguma coisa pode acontecer no mesmo momento, mas ter sido até mesmo em dias diferentes, uma delas ontem e a outra hoje, ou uma hoje e a outra amanhã.

Eu já estava com a orelha encostada no rádio. O locutor, era mesmo o começo de uma notícia, disse que três acontecimentos, e não apenas dois como nos exemplos que ele havia dado sobre fuso horário, ocorreram em locais diferentes e em horas diferentes e em dias diferentes, mas exatamente no mesmo instante.

A orelha esquerda tocou no rádio, eu sabia que estava para acontecer, mas assim mesmo teve efeito de inesperado, me assustei, afastei a cabeça por impulso. Aumentei o volume do rádio e mantive o ouvido esquerdo a uns dois palmos do rádio.

Uma casa na cidade, um estacionamento de carros, uma casa no campo, disse o locutor, três lugares, fuso horário.

Afastei ainda mais a cabeça do rádio e aumentei o volume para compensar a distância, eu tinha um péssimo pressentimento com a posição da cabeça muito próximo do rádio, um presságio, o apoio da cabeça no rádio provocando um relaxamento, o rádio no papel de travesseiro, a minha cabeça pegando no sono e eu perdendo o programa.

A hipótese de pegar no sono tinha muita força nos meus pensamentos, o que não causa espanto para um sujeito que quase pegou no sono durante uma caminhada, mais do que isso, um sujeito que suspeita ter realmente dormido enquanto andava na rua. A imagem mais adequada para definir o que seria cochilar colado ao rádio era a do passageiro de ônibus que, para dormir, ajeita a cabeça entre o encosto da poltrona e a janela.

Na sala de uma casa na cidade, no estacionamento de um prédio de escritórios e na varanda de uma casa no campo, no mesmo instante, o mesmo acontecimento, disse o locutor.

Em alguns momentos do programa eu tinha a impressão de ser o único ouvinte, não somente naquele com a notícia sobre os três lugares, mas em todos, sempre, e era quando me dava vontade de baixar o volume do rádio para não dividir o programa com os outros.

Naquele dia, durante a notícia sobre os três lugares, a impressão vinha toda vez que o locutor falava fuso horário, ele dizia as duas palavras e eu me sentia sozinho. Eu sabia que não, que ele não estava falando somente para mim, mas tornou-se inevitável acreditar que era para mim.

Saí da questão com a minha habilidade habitual de contornar transtornos, primeiro admitindo não ser o único ouvinte, que o locutor não lia a notícia somente para mim, e segundo que o único ouvinte capaz de entender a questão do fuso horário era eu, o que não deixava de ser uma forma de estar sozinho, mas não estava.

Algumas coisas mudaram na minha vida, começei a sentir o meu próprio cheiro. Mas isso era verdadeiro? Ou eu, o infame, apenas relatava que fazia de conta que sentia o próprio cheiro?

Mas que cheiro? Falso ou verdadeiro, não importava, eu precisava saber qual era o meu cheiro. Encontrei a resposta num sujeito realizando um enorme esforço físico, imaginei o sujeito subindo num muro alto, com esforço tão grande que ele chorava, o cheiro do suor misturado com lágrimas, um cheiro assim, lirismo com desatino. Coisa de tirar o sujeito do sono mais profundo, afastar a cabeça do travesseiro, seja qual for o tipo de travesseiro, e gritar um pedido de socorro qualquer.

Um travesseiro como totem, admito que as coisas não mudaram muito na minha vida. Mas eu andava com preguiça de decidir se devia mudar mais ou aquele volume de mudanças era suficiente. Sentir preguiça, sim, apenas uma mudança como essa bastava para que eu pudesse dizer que algumas coisas mudaram na minha vida.

Outra mudança é que passei a olhar mais vezes para o relógio. Havia uma espécie de fascínio, não, não era uma espécie, era um fascínio mesmo, fascínio pela imprecisão entre o ontem e o hoje e o amanhã, imprecisão revelada pela aparente exatidão das horas anunciadas pelo relógio.

Esta descoberta, que hoje era sexta-feira e amanhã em algum lugar haveria um momento em que seria sexta-feira também, esta descoberta, sim, eu precisava ir atrás disto.

Vesti o paletó, verifiquei se estava levando o lenço, ele teria uma boa quantidade de suor para enxugar, saí de casa sem trancar a porta, apenas fechei, nem tive certeza se ela ficou realmente fechada ou entreaberta, cogitei voltar para deixá-la entreaberta, mas eu já estava na rua no meio do movimento.

Havia muita gente na rua, a primeira impressão foi de que todos caminhavam na mesma direção. Imediatamente considerei aquilo um desatino e passei a enxergar gente caminhando em todas as direções, mas não percebi, ou não quis, que era desatino também.

Com tanta gente na rua, o acaso me daria chance de encontrar uma mulher abraçando um pacote de onde saíam as pontas de uns pães, eu diria bom-dia para a mulher, e ela teria a chance de responder com uma pergunta, que cheiro é esse?

Quando cheguei na esquina, parei e me virei para trás, olhei na direção da minha casa, tive certeza de ver a porta entreaberta. Antes de retomar o caminho, eu disse algumas palavras em voz alta.

Eu dormi muito tempo?, perguntei.

Foi só um instante, respondi.

Eu pensava que em seguida bastava continuar caminhando, e pronto.

Mas enxerguei a ponte. Eu desconhecia a existência dela, apesar de tão perto da minha casa. A ponte tinha duas colunas na entrada e era margeada por muros altos e inteiriços que seguiam até as duas colunas da outra extremidade.

Entrei na ponte, me aproximei da lateral. Sem a possibilidade de frestas, como em cortinas e portas, ergui os braços, as mãos não alcançaram o topo do muro. Caminhei pela ponte de laterais fechadas, balancei a cabeça lamentando que ignorasse a existência de um rio tão próximo de mim.

Voltei para a entrada da ponte, as duas colunas estavam coladas em construções altas, não havia como enxergar o rio. Olhei em volta, o rio estava completamente isolado. Na beira da calçada havia uma caixa de madeira largada junto a uns sacos de lixo. Apanhei a caixa e entrei na ponte, encostei a caixa no muro, subi nela, ergui os braços, as mãos alcançaram a parte de cima do muro.

A ansiedade era tão grande que o impulso foi rápido e eficiente, me firmei pelas mãos, lancei as pernas para cima. Eu já estava com braços e pernas sobre o paredão quando me ocorreu a lembrança de muro com cacos de vidro, mas foi só lembrança.

Me ajeitei sobre o muro, olhei para baixo da ponte, não havia rio.

SOBRE O AUTOR

Manoel Carlos Karam (1947-2007) nasceu em Santa Catarina, mas viveu em Curitiba desde os 19 anos. No começo de sua carreira, dedicou-se ao teatro, escrevendo e dirigindo cerca de vinte peças. Na década de 80 passou a se dedicar à escrita de ficção e ao trabalho de jornalista. Publicou sete romances, dentre eles *O Impostor no Baile de Máscaras*, *Encrenca* e *Cebola*, com o qual ganhou o prêmio Cruz e Souza de Literatura em 1995. Do Karam a Arte & Letra publicou *Comendo Bolacha Maria no Dia de São Nunca*, *Pescoço Ladeado por Parafusos*, *Sexta-feira da Semana Passada* e *Algum Tempo Depois*.

Este livro foi produzido no Laboratório
Gráfico Arte & Letra, com impressão
em risografia e encadernação manual.

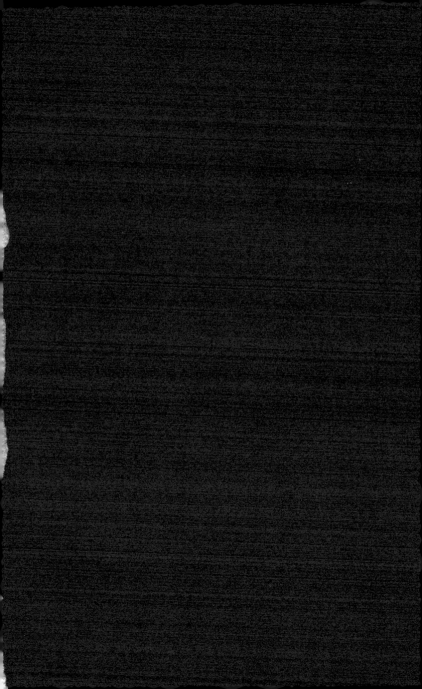